Petra Weise

Schweigen nach dem Anruf

Roman

Bibliografische Information der Deutschen Nationalbibliothek
Die Deutsche Nationalbibliothek verzeichnet diese Publikation in der
Deutschen Nationalbibliografie; detaillierte bibliografische Daten sind im
Internet über http://dnb.dnb.de abrufbar

Foto: Manfred Ruckszio
Quelle: Shutterstock

© 2018 Petra Weise
Herstellung und Verlag: BoD–Books on Demand Norderstedt

ISBN 9-783752-896770

-

Schwestern
sind verschiedene Blumen
aus dem gleichen Garten.

unbekannt

Inhalt

Es fing ganz harmlos an und zwar Weihnachten 2017.

Besuch zu Weihnachten

Seit mein Mann nicht mehr lebt, will ich die Kinder und Enkel um mich haben – auf jeden Fall zum Fest.

Zuerst hole ich Sabine ab, meine Jüngste. Sie sagt Dagmar zu mir, nicht Mutter oder Mama, sie will auf Augenhöhe mit mir sein. Zuerst wollte ich das nicht, doch inzwischen habe ich mich daran gewöhnt.

Ich freue mich auf sie. Noch mehr freue ich mich auf die kleine Lisa. Das Mädchen ist inzwischen drei Jahre alt und oft bei mir, denn Tochter und Enkelkind wohnen kaum vierzig Kilometer von meinem Wohnort entfernt. So kann mich Sabine jederzeit anrufen, wenn ich meine Enkelin aus dem Kindergarten abholen oder über Nacht behalten soll. Für mich ist das kein Problem, weil ich als Grundschul-Lehrerin nur vormittags unterrichte. Manchmal leite ich am Nachmittag eine Veranstaltung, korrigiere Arbeiten oder bereite mich auf den nächsten Tag vor, doch das kann ich meist leicht verschieben.

Sabine hat viele Interessen. Sie singt in einem Chor, bastelt in der Kirchengruppe und pflegt einen sehr großen Freundeskreis. Das wäre gar nicht möglich, wenn sie arbeiten ginge. Ihr Freund ist Blogger und betreibt von daheim aus eine Youtube-Seite. Die Bilder für diese Seite entwirft er zusammen mit Sabine, sie ist sozusagen sein Werbemodel. Damit verdienen sie ihr Geld. So richtig kann ich mir allerdings nicht vorstellen, woher dieses Geld kommt. Doch das muss ich auch nicht. Hauptsache, sie kommen zurecht.

Sabines Freund kann das Weihnachtsfest leider nicht mit uns verbringen, denn er besucht seine frühere Frau und das gemeinsame Kind aus dieser Beziehung. Nun hat Sabine kein Auto und mit dem Zug fährt sie nicht, das mag sie Lisa nicht zumuten. Deshalb hole ich die beiden ab.

Ich muss mich beeilen, denn auch mein Sohn kommt heute mit seiner Frau und den drei Kindern. Ihn sehe ich nur selten, denn er wohnt mit seiner Familie in Ingolstadt, 350 Kilometer entfernt von Chemnitz.

*****

Schon an der Haustür höre ich, dass Saschas Familie bereits im Haus ist. Von unten aus dem

Keller tönt Gebrüll, das sind seine beiden kleinen Jungen. In der Küche klappert es. Ich vermute, dass seine Frau Maylin bereits Fleisch und Gemüse klein schneidet, obwohl noch nicht einmal Vesperzeit ist. Sie hat sich zwar noch nie über meine Gerichte beklagt, trotzdem bringt sie ihre Speisen und Gewürze mit und kocht lieber selbst, natürlich immer thailändisch. Sascha hat mir erklärt, dass für die Thais das Essen am allerwichtigsten im Leben ist. Deshalb kochen sie jeden Tag stundenlang. Wenn sie nicht essen, reden sie übers Essen und man muss solch ein Gespräch sehr ernst nehmen.

Ernste Gespräche mit Maylin sind allerdings schwierig. Sie versteht zwar alles, doch ich verstehe sie kaum, obwohl sie bereits seit mehr als zehn Jahren in Deutschland lebt.

Lisa hat die Stimmen der Jungs gehört und springt eilig die Treppe zum Keller hinunter, ohne zuvor ihren Anorak und die Stiefel auszuziehen. Ich sehe ihr nach und halte dabei die Luft an, als ob das einen möglichen Sturz verhindern könnte. Bei meinen drei Kindern war ich nicht so ängstlich wie jetzt mit den Enkeln.

Pana ist ein Jahr älter als Lisa, der kleine Niti ein Jahr jünger. Tamika ist bereits zehn Jahre alt und wurde von Maylin in die Beziehung mitgebracht. Sascha das Mädchen als sein eigenes angenommen.

„Vesperzeit!", rufe ich in den Keller hinunter.

Pana kommt als erster die Treppe hoch gestürmt, umarmt mich kurz und setzt sich an den Tisch. Sofort stößt ihn Lisa grob vom Stuhl und schreit: „Das ist *mein* Platz!"

„Setzt dich bitte auf einen anderen Stuhl!", bitte ich leise das Mädchen.

Doch bevor es reagieren kann, zischt Sabine: „Du sollst Lisa nicht kommandieren!"

Ich will keinen Streit, nicht zwischen den Enkeln und schon gar nicht mit meinen Kindern, deshalb sage ich nichts dazu. Allerdings weiß ich, dass Kinder Regeln brauchen. Sabine hält nichts von Regeln. Sie hält überhaupt nichts von Erziehung und meint, das sei reine Gewalt. Die Kinder könnten sich nicht frei entfalten, weil sie ständig korrigiert und eingeengt werden.

„Lisa weiß, was sie will", erklärt Sabine.

Auch Pana weiß, was er will und haut Lisa auf den Kopf. Die Kleine schreit wütend auf. Sabine nimmt sie sofort in den Arm, schaukelt sie hin und her und flüstert: „Du wolltest auf deinem Stühlchen sitzen?"

„Nein!", schreit Lisa und schlägt nach ihrer Mutter.

Tamika, Maylin und Sascha nehmen sich

Stollen, Sabine gibt Lisa einen Keks aus einer Dose, die sie mitgebracht hat.

„Ich habe extra gebacken!", sage ich und zeige auf die Keksschale, die von den Jungs schon geplündert wird.

„Da ist doch sicher Zucker drin!", vermutet Sabine.

Ich nicke beschämt. Daran hatte ich gar nicht gedacht, dass Lisa keinen Zucker essen darf. Dabei wachsen Zuckerrüben ebenso auf dem Feld wie Gemüse und Getreide, sind also nichts tierisches. Sabine ernährt sich und ihre Tochter konsequent vegan. Ich glaube nicht, dass das gesund ist, denn ich weiß aus dem Biologie-Unterricht, dass der menschliche Magen und auch das Gehirn unbedingt Fleisch benötigen.

Lisa wirft den Keks auf den Boden und schaut ihre Mutter herausfordernd an.

„Möchtest du keinen Keks, Schatz?", fragt sie freundlich, lässt aber den Keks auf dem Boden liegen.

Lisa zeigt mit dem Arm auf Pana, der sich bereits das dritte Stück Schokolade in den Mund schiebt.

„Das ist ganz doll ungesund. So etwas essen wir nicht, Herzchen."

Das Herzchen haut nach der Mutter und kippt

dabei sein Wasserglas um. Sicher hätte es auch lieber Kakao getrunken wie Saschas Kinder. Doch Sabine hält Milch für ungesund. Sie schaut innig verliebt auf ihre Tochter, während ich schnell aufstehe und den Lappen hole.

Kaum sitze ich wieder am Tisch, will sich Lisa an meinem Rock hochziehen und zu mir auf den Schoß kriechen.

„Meine Oma!", schreit sie und schaut die Jungs triumphierend an.

„Ja, das ist deine Oma", bestätigt Sabine lächelnd.

„Aber ich bin auch die Oma von Pana, Niti und Tamika."

„Nein!", schreit Lisa.

„Jetzt möchte ich in Ruhe Kaffee trinken und Stollen essen", sage ich und stelle die Kleine nach unten.

Sofort tritt sie mit ihrem Fuß nach meinen Beinen. Ich halte sie mit meinem ausge-streckten Arm ein wenig zurück, damit sie nur noch in die Luft stampfen kann.

Lisa läuft davon und klettert flink auf die Anrichte. Dort stehen meine Räuchermänner und die Pyramide. Sabine wirft mir sofort einen strengen Blick zu. Soll ich etwa meine Weihnachtsdekoration entfernen? Noch ehe ich reagieren kann, hat Sabine eilig alles zur Seite geschoben.

„Bring mal eine Kiste für das Zeug!", ruft sie mir zu.

„Vorsicht!", rufe ich erschrocken und laufe eilig zur Anrichte. Sofort sehe ich, dass dem einen Bergmann der Arm fehlt, dem nächsten ist die Mütze abgebrochen und ein kleiner, geschnitzter Schlitten liegt zerbrochen am Boden.

„Tut mir leid", versichert Sabine. „Warum baust du diesen alten Kram auf, wenn deine Enkel da sind?"

„Mai Kinda nix kaputt mache", empört sich Maylin.

Ich nicke ihr zu, doch mir ist zum Heulen zumute. Die wunderschönen handgeschnitzten Räuchermänner sammle ich seit vielen Jahren und mag jeden einzelnen von ihnen. Sicher kann ich den Schaden beheben und die zerbrochenen Teile wieder leimen. Doch heute wird das nichts mehr.

*****

„Ihr könnt heute Nacht meine Schlafstube haben. Für den Kleinen habe ich das Bettchen aufgestellt, die beiden Großen dürfen in dein früheres Kinderzimmer", lenke ich ab und schaue Sascha dabei an.

„Nein!", schreit Lisa. „Mein Bett!"

Wenn sie bei mir übernachtet, darf sie manchmal mit ins Ehebett, wenn sie schlecht träumt oder Bauchweh hat.

„Du schläfst mit der Mama in Mamas Kinderzimmer."

„Nein!"

„Wir können tauschen!", schlägt Sabine vor.

„Wieso?"

Lachend schüttelt Sascha den Kopf und tippt sich mit dem Finger an die Stirn. Doch Sabine ist bereits die Treppen hinauf gelaufen und begutachtet die Zimmer.

„Ich nehme Mellis Zimmer!", höre ich sie rufen.

Dort wollte eigentlich ich schlafen. Sabine sollte mit Lisa in ihrem Zimmer bleiben, wo seit letztem Jahr das neue Kinderbett steht.

„Kommt Melanie nicht?", will Sascha wissen.

„Nein." Ich schüttle den Kopf. „Sie feiert mit ihrem Mann und den Kindern."

„Melli nich hiea?", wundert sich Maylin. „Musa aba bei Familia sai."

Ich habe früher ebenso wie meine älteste Tochter den Weihnachtsabend nicht bei den Eltern, sondern daheim mit Mann und Kindern verbracht. Das behielten wir auch bei, als längst alle ausgezogen waren und eigene Familien gründeten. Zum Fest versammeln sich alle in meinem Haus. Nur Melanies Familie stößt erst am zweiten Feiertag dazu.

Ich höre Sabine oben in den Zimmern rumoren. Es klingt, als ob sie Möbel rückt. Doch ich mag jetzt nicht hochgehen. Sollen sich die Kinder einigen wie sie wollen. Mir reicht es, dass ich acht Betten frisch bezogen und auch sonst allerhand eingekauft und geputzt habe.
Sabine poltert die Treppe hinunter.
Lisa schreit: „Melli kommt nicht, kommt nicht, kommt nicht!"
„So eine Kuh!", schimpft Sabine. „Da treffen wir uns alle bei Mama und die feine Dame hält es nicht für nötig, bei ihrer Familie zu sein. Immer braucht diese Trulla eine Extra-Wurst."
„So eine Kuh!", schreit Lisa.
„Das darf man nicht sagen!", schreit Pana.
„Doch! Mama sagt das auch."
Damit hat sie allerdings recht.
„Und wo ist dein Freund?", will Sascha wissen.
Darauf antwortet Sabine nicht und ich blinzle meinem Sohn zu, sage aber nichts.

Stattdessen verkünde ich feierlich: „Melanies Kinder treten morgen in der Stadthalle auf. Sie hat für euch Freikarten besorgt."
„Wir fahren schon morgen nach dem Mittag-essen zurück", sagt Sascha etwas kleinlaut.

Das überrascht mich, denn eigentlich sollten alle wie immer beide Feiertage hier bei mir verbringen. Ich habe extra allerhand eingekauft und vorbereitet.

„Warum?", will ich wissen.

„Maylins Schwester hat uns eingeladen."

Ich nicke, verstehe aber nichts, denn Maylins Schwester wohnt im gleichen Haus wie sie. Sie sehen sich also täglich. Außerdem feiern die Thais normalerweise kein Weihnachtsfest.

Enttäuscht lehne ich mich zurück. Ich habe mich so auf zwei schöne Tage mit den Kindern und Enkeln gefreut. Doch es nützt nichts, sich zu ärgern. Schließlich kann ich nicht über die Zeit meiner Kinder verfügen und muss froh sein, dass sie bei all ihrer Arbeit überhaupt die weite Strecke von fast 350 Kilometern auf sich nehmen.

„Das Konzert ist am Vormittag, zehn Uhr."

„So zeitig? Da müssen wir arg früh aufstehen."

Ich nicke und sage: „Spätestens halb neun Uhr."

Normalerweise schlafen die Kinder immer recht lange, während ich die Enkel erst bade und dann mit ihnen spiele.

*****

Melanie unterscheidet sich in jedem Punkt von

ihren Geschwistern, schon äußerlich. Wir sind alle blond, auch mein Mann war blond und hatte wie wir glatte Haare, Melanie dagegen dunkelbraune Locken. Im Internet habe ich gelesen, dass Melanie die Schwarze, Dunkle bedeutet, und mich im Nachhinein gefreut, dass ich ihr zufällig den passenden Namen gab. Sie sieht haargenau so aus wie meine älteste Schwester. Deshalb halten die Leute Melanie für Ingrids Tochter. Auch vom Wesen her gleicht sie eher meiner Schwester als mir.

Natürlich habe ich auch im Internet nachgeforscht, was Ingrid bedeutet. Es bedeutet die Schöne. Nun, das ist Geschmackssache. Ich mag weder Locken noch schwarze Haare.

Melanie hat einen argentinischen Pianisten geheiratet. Jahrelang begleitete sie ihn zu seinen vielen Konzerten auf der ganzen Welt. Doch seit sie Kinder haben, reisen sie nur noch selten. Sie spielt ebenfalls Klavier. Ich weiß nicht, woher sie dieses Talent hat, denn keiner aus unserer gesamten Familie ist Musiker. Sie ist Musiklehrerin und überwacht die täglichen Übungsstunden ihrer Kinder. Martina ist acht Jahre alt, Valentin bereits zehn. Beide spielen Klavier, Martina zusätzlich Geige und der Junge Oboe. Die Kinder gewannen schon viele Preise bei Talent-Wettbewerben und treten häufig gemeinsam auf. Morgen spielen sie im kleinen Saal der Chemnitzer Stadthalle vor fünfhundert geladenen Gästen.

*****

„Ah, die Wunderkinder stehen wieder einmal im Mittelpunkt", bemerkt Sabine boshaft.

Schon als kleines Mädchen wachte sie eifersüchtig darüber, nicht zu kurz zu kommen und forderte unentwegt die volle Aufmerksamkeit. Zum Glück war Melanie ein stilles Kind, das sich lieber in seinem Zimmer verkroch statt wie Sabine im Mittelpunkt zu stehen.

„Und so gut erzogen!", ergänzt Sascha nicht weniger bissig.

„Gedrillt trifft es wohl eher", giftet Sabine. „Die Bälger funktionieren wie Zirkustiere."

Sascha tippt mit dem Finger an seine Stirn und meint: „Du bist doch nur neidisch."

Lisa hat ihren Pulli und die Hose ausgezogen und saust in Schlüpfern durch die Stube. Mir gefällt das nicht. Es ist zwar warm in der Stube, doch man läuft nicht nackt herum.

„Nein", sage ich sehr bestimmt. „Melanies Kinder werden zu nichts gezwungen. Sie haben Freude am Musizieren, sie machen das freiwillig."

„Das glaubst auch nur du!" Sabine lacht

gehässig.

„Dürfen wir aufstehen?", fragt Pana.

Maylin nickt und sagt etwas in ihrer Sprache. Sofort rutscht der kleine Niti vom Stuhl direkt unter den Tisch. Dort legt er sich auf den Bauch und schmiert sicher Schokolade auf meinen Teppich.

Melanies Kinder waschen sich vor und nach dem Essen von ganz allein die Hände. Ich bewundere die beiden sehr, denn sie spielen nicht nur jeweils zwei Instrumente, sondern sprechen sogar mehrere Sprachen.

„Normal ist das jedenfalls nicht, wenn so kleine Kinder mehrere Sprachen sprechen", sagt Sabine.

„Mai Kinda au swai Spracha spreche. Das gutt", erklärt Maylin.

Ich stimme ihr zu, während Sabine nur albern kichert.

Sascha ergänzt: „Und Tamika lernt schon Englisch in der Schule."

„Je früher die Kinder Sprachen lernen, umso besser", sage ich.

„Mit Deutsch sollten sie anfangen", giftet Sabine.

Martina und Valentin sprechen deutsch mit ihrer Mutter, spanisch mit ihrem Vater und lernen außerdem noch Italienisch, weil das ihrer

Meinung nach die Sprache der Musik ist. In Italien gibt es sicher fast ebenso viele berühmte Komponisten wie in Deutschland. Jedenfalls halte ich Melanies Kinder für außergewöhnlich begabt und hochintelligent.

*****

Am Abend gebe ich vier Paar Wiener in heißes Wasser und stelle meinen traditionellen Kartoffelsalat auf den Tisch. Es ist eine kleine Schüssel, denn nur Sascha, Tamika und ich werden davon essen. Maylin hat einen riesigen Topf Duftreis und eine große Pfanne gemischtes Gemüse gekocht. Der Geruch ihrer Gewürze zieht durch meine Wohnstube. Ich mag ihr Essen gern, doch am Weihnachtsabend gehört für mich Kartoffelsalat unbedingt dazu. Auf dem Tisch brennen vier rote Kerzen und auf der Anrichte dreht sich die große Bergpyramide. Ich habe Musik aus dem Erzgebirge aufgelegt und schaue glücklich in die Runde.

Die Kinder beeilen sich beim Essen und zappeln ungeduldig mit den Füßen, sie wollen endlich ihre Geschenke auspacken.

„Darf ich aufstehen und vor die Tür schauen?", will Pana wissen.

„Ja, ja, ja!", schreit Niti und flitzt an die Haustür.

„Nichts!", rufen sie wie aus einem Mund.

Ich hatte ihnen erklärt, dass der Ruprecht entweder klingelt oder einfach den Sack mit allen Geschenken vor die Tür stellt.

„Wieso weiß der Weihnachtsmann, dass wir bei dir sind, Omi?"

„Der weiß alles. Der weiß auch, ob du brav bist."

„Nua blawe Kinda bekommen", erklärt Maylin.

„Lisa kriegt nichts. Die haut mich immer", beklagt sich Tana.

„Nein!", schreit Lisa und haut dem Jungen ihre Puppe auf den Kopf.

Schnell nehme ich ihr das Spielzeug aus der Hand, während sie mit ihren Füßen um sich tritt. Sabine hockt sich neben ihre Tochter, nimmt sie in den Arm und redet leise auf sie ein. Doch Lisa windet sich aus der Umklammerung und schreit immerzu: „Nein! Nein!"

Ich seufze. Solch eine Trotzphase sollte spätestens mit dem zweiten Lebensjahr beendet sein. Lisa wird bald vier. Wenn ich allein mit ihr bin, stellt sie sich nicht so an. Dann ist sie einfach meine süße kleine Maus, die ich unendlich gern habe.

Endlich finden die Kinder den Sack vor der Tür. Es ist ein wahrhaft riesiger Sack, in den nicht einmal alle Geschenke hinein passten, einige in buntes Papier eingewickelte Pakete liegen daneben. Ich habe in diesem Jahr nur die Anoraks besorgt, die die Eltern für ihre Kinder wünschten. Statt Spielsachen bekommt jeder ein Buch von mir, auch die Erwachsenen.

Der kleine Niti sitzt zwischen einem großen Bagger aus Plastik und einer ausgeschütteten Werkzeugkiste. Lisa beachtet ihren Arztkoffer nicht mehr, nachdem sie alle Teile kreuz und quer durch die Stube geschmissen hat und fährt mit ihrem Laufroller gegen die Schränke.

„Sabine, bitte sei so gut und stelle das Rad in den Flur! Am besten, du packst es gleich ins Auto."

„Auto? Habe ich Auto gehört? Habe ich ein Auto hier?"

„Nein! Nein!", schreit Lisa und klammert sich kreischend am Lenker fest.

Pana bastelt an einem Kran mit Fernsteuerung und versteckt eine Feuerwehr aus Blech unter seinen Beinen, wobei er Lisa nicht aus den Augen lässt. Seine Vorsicht ist begründet, denn das Mädchen stürzt sich unvermittelt auf die Spielsachen der anderen Kinder.

Tamika kuschelt sich in eine blaugrüne Decke, die eine Flosse wie eine Meerjungfrau hat, und blättert in einem Buch. Entsetzt sehe ich, dass neben ihr ein Set mit verschiedenen Lippenstiften und Nagellackflaschen steht. Sascha folgt meinem Blick und erklärt lachend: „Das sind Textmarker, die nur so aussehen, als wären es Lippenstift und Nagellack."

„Bitte bringt eure Kinder ins Bett! Ich werde hier schnell noch Ordnung schaffen."

„Nein! Oma soll mich ins Bett bringen", bestimmt Lisa.

„Ich habe zu tun, die Mama bringt dich ins Bett."

„Bist du müde, Schatz?", fragt Sabine.

„Nein!", schreit die Kleine.

„Was möchtest du denn, mein Engel?"

„Raus! Ich will auf den Spielplatz."

„Draußen ist es kalt. Da musst du deinen Pulli, die Hose und die warme Jacke anziehen."

„Nein!"

Mir geht dieses Nein-Geschreie auf die Nerven. Außerdem ist es bereits nach 21 Uhr und für so kleine Kinder höchste Zeit zum Schlafengehen. Sabine hält nichts von festen Schlafenszeiten, Lisa darf darf selbst entscheiden, wann sie ins Bett möchte.

„Du wirst mit deiner Erziehung, die gar keine ist, noch dein blaues Wunder erleben!", kündigt Sascha an.

„Es ist mein Kind. Ich weiß am besten, was gut für es ist."

Das bezweifle ich, doch ich sage nichts dazu.

Wenn man ein Kind zu sehr verwöhnt, beschränkt man seine Entwicklung. Deshalb bin ich ganz froh, dass Lisa in den Kindergarten geht.

Tamika und die Jungs geben mir einen Gute-Nacht-Kuss und verschwinden lautlos.
Sascha mixt sich einen Gin Tonic und öffnet eine weitere Flasche Bier.
Sabine schaut in meinen Schrank und fragt: „Hast du keinen Roibush-Tee?"
„Nein", antworte ich. Ich habe keine Ahnung, was das sein soll.
„Auch keinen grünen Tee?"
„Nur schwarzen und das, was da ist."
Sabine hat offenbar gefunden, was sie sucht, denn ich höre den Wasserkocher blubbern.
Ich staple die vielen Teller und Gläser in die Spülmaschine und wasche die Töpfe und Pfannen ab, Maylin trocknet das Geschirr mit einem Tuch und räumt ihre Dosen und Schachteln beiseite. Dann legen wir das viele bunte Geschenkpapier zusammen, das sich bergeweise auf dem gesamten Teppichboden verteilt.
Eigentlich bin ich hundemüde, doch ich setze mich zu meinen Kindern und höre ihren Gesprächen zu. Endlich kann ich in Ruhe meinen Wein trinken und lächle vor mich hin,

weil mir einfällt, wie mir Sabine das Glas vorhin aus der Hand riss und streng sagte: „Nicht vor den Kindern!"

Lisa ist inzwischen unter dem Tisch eingeschlafen und ich trage sie nach oben ins Bett.

*****

„Oma!", schreit Lisa am nächsten Morgen und kriecht zu mir unter die Bettdecke.

„Nicht so laut!", flüstere ich und lege meinen Finger an den Mund. „Die anderen schlafen noch."

Es ist noch nicht einmal sieben Uhr. Ich lege meine Arme um die Kleine und merke, dass sie eiskalt ist. Vermutlich hat sie so nackt wie sie ist, im Wohnzimmer gespielt, ganz sicher mit den Weihnachtsgeschenken der Jungs.

„Komm, die Oma macht dich ganz schnell warm!"

Darauf folgt nicht das übliche *Nein*. Doch Zeit zum Kuscheln bleibt nicht, denn Niti wirft sich mit Schwung auf meine Bettdecke.

„Meine Oma!", schreit Lisa sofort.

„Scht! Nicht so laut! Die Oma erzählt euch jetzt eine Geschichte und dann baden wir."

Sofort ist Ruhe. Lisa kuschelt sich an meine linke und Niti an meine rechte Seite. Ich erfinde eine Geschichte von einem kleinen Mädchen, das sich verlaufen hat und von einem Jungen gefunden und nach Hause gebracht wird.

„Ich war das!", ruft Niti. „Ich bin ein Retter. Ich rette alle Leute und passe auf, dass sich keiner verirrt. Ich bin stark."

„Nein!", schreit Lisa.

„Jetzt wird gebadet!", ordne ich an.

Ich lasse Badewasser in die Wanne und hebe die zwei kleinen Streithähne hinein. Sie spritzen sich gegenseitig voll und schnell ist der gesamte Fliesenboden nass. Nach dem Abduschen wickle ich die Beiden in große Badetücher und übergebe sie ihren Müttern, die noch im Bett liegen. Sie hatten am Vorabend vergessen, frische Kleider für die Kinder herauszulegen. Deshalb bleibt ihnen jetzt nichts anderes übrig, als aufzustehen.

Für mich bleibt nur Zeit für eine kurze Katzenwäsche, denn ich will das Frühstück zubereiten, damit alle pünktlich zum Konzert in die Stadthalle kommen. Ich bin froh, dass der Bäcker an den Feiertagen geschlossen hat, sonst müsste ich noch schnell mit dem Rad hinfahren und frische Brötchen besorgen. Die Kinder mögen zum Glück Toast und Sascha akzeptiert aufgebackene Brötchen.

Pana möchte sein Ei nicht gekocht, sondern gebraten, Maylin bevorzugt Rührei. Sie hat

Fisch auf den Tisch gestellt, was für mich zum Frühstück recht ungewöhnlich ist.

„Ich will auch ein Ei!", schreit Lisa, doch das erlaubt Sabine nicht.

Während alle frühstücken, lese ich Lisa aus einem Buch vor, damit sie die anderen nicht beim Essen stört. Ich kann schließlich hinterher, wenn alle aus dem Haus sind, in Ruhe eine Scheibe Toast essen.

Pünktlich neun Uhr machen sich alle auf den Weg zur Stadthalle. Ich räume den Tisch ab und nasche nebenbei je eine Scheibe Schinken und Käse. Mein Ei hat Sascha gegessen. Zum Hinsetzen habe ich keine Ruhe, doch für eine kurze Dusche ist Zeit. Eigentlich wollte ich Haare waschen, doch der Bratenduft würde ins Haar ziehen, was ich überhaupt nicht mag.

Sascha will pünktlich 13 Uhr essen und anschließend gleich losfahren, so dass die Jungs während der drei Fahrstunden bis Ingolstadt schlafen könnten.

Zum Mittag soll es Entenkeulen und -brüste geben, die ich bereits vorgestern angebraten habe. Im Internet fand ich das Rezept für eine thailändische Honigsoße, die mir hoffentlich gut gelingt. Maylin brachte das Gemüse mit und vermutlich auch verschiedene Soßen. Im Kühlschrank stehen jedenfalls viele kleine Behälter.

Für Sascha besorgte ich eine Hasenkeule. Klöße essen alle nicht gern, also wird es Reis geben.

*****

Kurz nach 13 Uhr poltern alle gleichzeitig ins Haus.

„Sieben auf einen Streich!", begrüße ich sie lachend. „Schön, dass ihr pünktlich seid, das Essen ist bereits fertig."

„Müssen laich fahn, nich essen."

Bestürzt schaue ich Maylin an. „Aber ich habe alles fertig. Der Tisch ist gedeckt, wir können sofort anfangen."

Die Jungs sitzen am Tisch und klopfen mit dem Besteck auf die Teller. Sabine rumort oben im Zimmer und kommt mit ihrer Tasche und Lisa im Schlepptau zurück.

„Papa kommt!", schreit Lisa.

„Fein! Dann kann er gleich mitessen", sage ich geistesgegenwärtig.

Sabine wirft mir einen tadelnden Blick zu. „Etwa Fleisch?"

Sie küsst mich flüchtig auf die Wange und rauscht davon. Ihr Freund scheint schon draußen im Auto zu warten, so dass ich ihm kein frohes Fest wünschen kann.

Ich sitze mit Saschas Familie am Tisch und helfe den Kindern, sich Fleisch, Gemüse und Reis aufzutun. Doch sie stochern nur auf ihren Tellern herum und essen kaum etwas davon. Nicht einmal Sascha rührt seine Hasenkeule an, auch Tamika zeigt wenig Appetit. Habe ich falsch gewürzt? Ich koste die Soße und finde, dass alles in Ordnung ist.

„Was ist los?", will ich schließlich wissen.

„Müssen fahn", sagt Maylin.

„Aber doch nicht, ohne vorher zu essen."

„Sei nicht böse, Mama, wir haben keinen Hunger", sagt Sascha, steht vom Tisch auf und nimmt mich liebevoll in den Arm. „Wir fahren lieber gleich los."

Niti rutscht von seinem Stuhl und saust durch die Tür. Ich höre ihn die Treppe hinauf poltern.

Tamika senkt den Kopf und flüstert: „Wir haben beim Thai gegessen."

Entsetzt schaue ich sie an. Ich kann gar nichts sagen. Was wird nun mit all dem Fleisch? Und mit der Quarktorte fürs Vesper? Ich habe sie gestern Früh extra gebacken, weil alle Quarktorte lieber mögen als den traditionellen Stollen.

„Kannst mir die Keule einpacken!", ruft Sascha von draußen. „Und die Entenbrust für Maylin."

„Nai, blauche nich", wehrt Maylin ab.

Schnell wickle ich die Hasenkeule in eine Folie

und lege sie auf eine der Taschen, die bereits im Flur stehen. Doch was mache ich mit all dem anderen Fleisch? Ich mag es nicht einfrieren, weil das den Geschmack verdirbt. Doch mir wird nichts anderes übrig bleiben, wenn ich es nicht wegwerfen will. Kann man Reis einfrieren? Maylin weiß das nicht.

Im Nu sind alle verschwunden und ich sitze allein am Tisch voller Teller, Schüsseln und Gläser und weiß nicht, was ich machen soll.

Meine Schwester Ingrid

Ich rufe Ingrid an, weil ich jetzt unbedingt mit jemandem reden muss. Sie ist die älteste von uns drei Schwestern und bereits in Rente. Eigentlich könnte ich gleich zu ihr hinüber fahren, denn sie wohnt ebenfalls in Chemnitz, keine fünf Kilometer entfernt. Doch ich habe bereits ein Glas Wein getrunken. Außerdem glaube ich, dass sie heute zum Feiertag Gäste hat.

Ingrid war nie so, wie ich mir eine große Schwester wünschte, denn sie hatte keine Lust, mit ihren beiden jüngeren Schwestern zu spielen. Oft rannte sie einfach fort und ließ uns allein, obwohl sie auf uns aufpassen sollte. Die Schelte und Schläge der Eltern nahm sie gleichmütig hin.

Ich widersetzte mich den Eltern nie und nahm im Gegensatz zu Ingrid alles ernst, was sie sagten. Normalerweise ist das älteste Kind ernst, während das jüngste unbekümmert heranwächst und meist recht egoistisch ist. Ich bin nicht egoistisch, ich denke immerzu an meine Familie und fühle mich verantwortlich für sie. Ingrid sagt, das Projekt Kinder sei für sie seit dem Schulabschluss ihrer Söhne abgeschlossen. Oft denke ich darüber nach, weshalb in unserer Familie alles anders ist als in meinen pädagogischen Lehrbüchern.

„Frohes Fest wünsche ich dir und deinen Männern."

„Euch auch", antwortet sie.

„Ich bin allein. Sie sind schon alle weg."

„Nanu?", wundert sich Ingrid. „Hast du nicht erzählt, dass die gesamte Meute drei Tage bei dir bleibt und Melanie mit ihrer Familie am zweiten Feiertag nachkommt?"

Ich seufze nur.

„Erzähle!", fordert Ingrid kurz.

Ich berichte in knappen Worten von der Feier gestern Abend, meinem chaotischen Frühstück heute Morgen und dem verpatzten Mittagessen, weil alle vorher beim Thai gegessen hatten.

„Obwohl sie wussten, dass du gekocht hast?", erkundigt sie sich empört.

Ich zucke nur mit der Schulter. Was soll ich schon dazu sagen?

„Und jetzt darf ich sieben Betten abziehen und das ganze Haus noch einmal putzen", schließe ich meinen Bericht.

Ingrid lacht.

„Was gibt es da zu lachen?", fauche ich.

Es ist immer dasselbe: Was ich lustig finde, treibt Ingrid Falten in die Stirn und umgekehrt. Nie sind wir einer Meinung und nie können wir uns streiten, ohne dass eine Diskussion in Zank übergeht. Wir sind einfach zu verschieden. Sie mag Schweinefleisch und Pfannengerichte, ich Aufläufe und Salate. Ich kleide mich der Mode entsprechend, während sie überhaupt nicht darauf achtet.

„Ich lache, weil alles genauso kommt wie ich es vorhergesagt habe", sagt sie.

„Jaja, du bist die Oberschlaue, die immer alles besser weiß."

„Ist doch wahr", verteidigt sie sich. „Warum lässt du deine Tochter nicht die Betten beziehen? So etwas musst du wirklich nicht selbst machen."

„Sabine hat mit der kleinen Lisa genug zu tun.

Damit will ich sie nicht belasten."

„Belasten", zischt Ingrid verächtlich. „Sie geht nicht arbeiten im Gegensatz zu dir. Die Kleine ist obendrein den ganzen Tag im Kindergarten. Manchmal glaube ich, du kümmerst dich mehr um Lisa als deine Tochter."

Nun übertreibt sie wieder. Wie immer stellt Ingrid alles völlig überspitzt dar. Ich bin jedenfalls froh darüber, dass mein Enkelkind in meiner Nähe wohnt und ich es häufig sehe.

„Ich liebe eben mein Kind."

„Das glaube ich gern", sagt sie, „doch auf eine ungesunde Art."

„Ungesund?"

Was faselt sie da? Ungesunde Liebe gibt es gar nicht.

„Es ist keine Liebe, wenn du anderen erlaubst, dich auszunutzen."

„Wer sollte mich ausnutzen? Sabine etwa?"

Das ist doch lächerlich.

„Sie sieht nicht, dass du auch mal Zeit für dich brauchst."

Ich begreife nicht, wovon sie redet. Wenn ich auf Lisa aufpasse, genieße ich die Zeit. Es gibt nichts schöneres, als die Kleine bei mir zu haben. Ich sage ihr das.

„Du denkst immer nur an deine Kinder und Enkel", kritisiert sie. „Du solltest wieder mehr an dich denken."

„An mich? Wie meinst du das?"

„Du liebst deine Kinder, doch du liebst keinen Mann."

Jetzt weiß ich nicht, ob ich empört sein soll oder lachen. Einen Mann brauche ich ganz sicher nicht – schon gar nicht in meinem Alter. Nicht, dass ich keine Chancen mehr hätte, so ist es nicht. Einer meiner Kollegen versucht schon lange, mit mir anzubandeln. Er ist geschieden! So ein gebrauchter Kerl käme für mich niemals in Frage. Wer weiß, warum ihm seine Frau davongelaufen ist. Außerdem: Was sollen meine Kinder denken, wenn plötzlich ein fremder Mann hier im Haus aufkreuzt?

„Ein Mann kommt mir nicht mehr ins Haus", sage ich energisch. „Das habe ich wirklich nicht nötig."

„Nicht nötig", äfft mich Ingrid nach. „Etwas fürs Herz braucht schließlich jeder. Und für den Körper auch."

Glaubt sie etwa, ich würde mit über sechzig Jahren mit einem Mann ins Bett steigen? Was für ein absurder Gedanke! Wie soll das aussehen, wenn ich mich ausziehe? Meine Falten am Bauch und meine Hängebrust stelle ich ganz sicher nicht zur Schau. Ich mache mich ja lächerlich. Ins Konzert, Theater oder schön zum Essen ausgehen könnte mir gefallen, doch ins Haus kommt mir keiner mehr. Und schon gar nicht ins Bett. Ich mochte dieses „Behüpfen" schon früher nicht, als mein Mann noch lebte.

„Vielleicht noch Wäsche waschen und kochen. Nein, danke", beende ich dieses unangenehme Thema.

„Lieber bekochst du deine Kinder und Enkel", stichelt sie.

Das ist doch klar. Obwohl das Bekochen nicht so einfach ist, vor allem bei Sabine, denn das, was ich für vegan halte, lehnt sie meist entrüstet ab. Auch Maylin kann sich an meiner Küche nicht begeistern. Trotzdem möchte ich meine Kinder verwöhnen. Ich will, dass es ihnen gut geht und dass sie gern zu mir kommen. Dafür mache ich alles, was mir irgend möglich ist.

Ingrid muss gar nichts machen. Sie macht nur das, was sie will.

Schon als Kind flog ihr alles von ganz allein zu. Alle wollten mit ihr befreundet sein. Dabei tat sie so, als wären ihr die Freunde ebenso gleichgültig wie die Schulnoten. Sie musste im Gegensatz zu mir nie für ein gutes Zeugnis lernen. Ich habe sie dafür sehr bewundert. Ich habe sie überhaupt sehr bewundert. Sie konnte einfach alles! Alles, was ich auch gern gekonnt hätte.

Tanzen zum Beispiel.

„Für diesen Unsinn geben wir kein Geld aus", schimpfte der Vater.

Doch Ingrid meldete sich trotzdem zum Ballettunterricht an. Sie putzte jeden Freitag die Büros in einer Baufirma, in der ein Nachbar Bauleiter war. Er hatte ihr diesen Job besorgt. Und somit hatte sie Geld fürs Ballett.

Als ich ebenfalls tanzen wollte, musste ich mich mit der Volkstanzgruppe unserer Schule zufrieden geben.

Mutter lachte über Ingrids Widerworte und Vater wollte sie nicht mehr züchtigen, weil sie ihm immer in die Augen schaute und sich nie duckte, wenn er sie schlug. Das ertrug er wohl nicht. Sie ließen sie machen und ich glaube, sie bewunderten sogar ihren Eigensinn.

„Du hast es leicht, hast es immer leicht gehabt", stelle ich fest.

Ingrid lacht lauter. „Logisch, weil ich es mir nie schwer mache."

Sie hat leicht reden. Kein Wunder bei ihrem leichten Leben. Seit zwei Jahren ist sie Rentner. Ich dagegen gehe noch arbeiten, habe drei Kinder und fünf Enkel und entsprechend viel mehr Arbeit und Sorgen als Ingrid.

„Du bist selbst schuld", stellt sie fest. „Wer stets zu Diensten ist wie du, wird eben als

Dienstmagd missbraucht. Du willst es nicht anders."

Dienstmagd. Ich bin doch keine Dienstmagd! Ich will meine Lieben verwöhnen, will, dass es ihnen gut geht. Das versteht sie natürlich nicht.

„Du bist einfach nur blöd!", schimpfe ich.

Ingrid reizt mich derart, dass ich mir nicht anders zu helfen weiß, als sie zu beschimpfen. Zu allem Ärger bleibt sie trotzdem ruhig oder lacht, was mich noch mehr auf die Palme bringt. Warum lacht sie nur immer? Und immer an den falschen Stellen.

„Deine Kinder wussten, dass du für alle gekocht hast, und haben trotzdem beim Thai gegessen. Das ist unverschämt. Ich glaube, ich wäre ausgerastet."

Das kann ich mir bei Ingrid lebhaft vorstellen. Sie sagt ohnehin immer, was sie denkt.

*****

Ingrid lebt nicht allein wie ich. Sie hat einen Mann und sie hat zwei Söhne. Beide Söhne sind erwachsen, leben mit ihren Freundinnen zusammen und sind nicht verheiratet. Beide Frauen brachten jeweils eine elfjährige Tochter mit. Die Mädchen verstehen sich bestens und verbringen viel Zeit miteinander, was nicht schwierig ist, weil alle hier in der Nähe wohnen.

Einmal im Monat findet bei Ingrid ein Familientag statt. Anfangs kochte sie, doch die Mädchen mochten nicht alles essen. Die eine lehnte Gemüse ab, die andere Fleisch. Deshalb beschloss Ingrid, einfach alle in einen Gasthof einzuladen. Einer darf bestimmen, in welchem Gasthof gegessen wird. So kommt es, dass sie manchmal zu Mc Donald gehen, manchmal einfach Pizza bestellen und ein anderes Mal ein Biergarten oder teures Restaurant ausgewählt wird. Ingrid sagt, so wären alle zufrieden, sie hätte keine Arbeit und auch keine Nörgelei.

In einem Punkt ist sie unerbittlich: In ihrer Gegenwart darf keiner auf seinem Smartphone daddeln, nicht in ihrer Wohnung und schon gar nicht bei Tisch. Daran haben sich ihre erwachsenen Söhne zu halten, deren Freundinnen und überhaupt sämtliche Gäste. Sie werden bereits im Vorsaal mit einem Plakat „Handys hier hinein!" aufgefordert, ihre Telefone in eine Kiste zu legen. Das empört mich jedes Mal, doch ich sage nichts dazu.
Die Kinder wollen spielen, kleine Filmchen schauen. Doch Ingrid meint, das wären keine wirklichen Spiele. Sie sollten lieber hinaus laufen, auf Bäume klettern, mit dem Ball spielen. Sie hat keine Ahnung, dass man heutzutage kein Kind mehr unbeaufsichtigt auf

die Straße lassen kann. Außerdem spielt man schon lange nicht mehr Mensch-Ärgere-Dich-Nicht oder Halma.

Moderne Spiele sind elektronisch. Man muss mit der Zeit gehen und darf die Kinder nicht in ihrer Entwicklung beschneiden. Ich weiß das, denn schließlich bin ich Lehrerin. Doch Ingrid glaubt, Spielkonsolen führen zu schlechten Schulleistungen und zu mehr Gewalt. Ich glaube, dass Kriegsspiele nichts mit der Realität zu tun haben. Schließlich werden sie von Kultusministerium und Kirche gelobt und sogar mit Preisen ausgezeichnet.

Ingrid geht mir zu streng mit ihren Kindern um. Ich ziehe ein eher freundschaftliches Verhältnis vor. Doch Ingrid meint, sie sei schließlich nicht die Freundin, sondern die Mutter und wolle als solche respektiert werden. Außerdem sei sie schlicht und ergreifend die Hausherrin.

Dass meine Gäste im Thailokal zu Mittag gegessen haben, gefällt mir ebenfalls nicht. Doch als unverschämt empfinde ich es nicht. Es ist nur so jammerschade um die ganze Vorbereitung und das viele Essen, das nun niemand mehr haben möchte.

„Du richtest dich immer nach ihnen. Das ist nicht gut."

„Es ist doch normal, sich nach seinen Gästen

zu richten."

„Im Grunde schon, doch du übertreibst. Würdest du dir von einer Kollegin ebenso auf der Nase herumtanzen lassen?"

Natürlich nicht, doch das kann man nicht miteinander vergleichen!

„Nur, wer auch an sich denkt, kann wahrhaft gut zu anderen sein."

Ständig haut mir Ingrid ihre albernen Sprüche um die Ohren. Am liebsten möchte ich einfach auflegen. Doch das gehört sich nicht.

Meine Schwester Jutta

Mit Jutta, meiner mittleren Schwester habe ich mich immer besser verstanden als mit Ingrid; zumindest bis vor einigen Jahren.

Jutta ist drei Jahre älter als ich. Unsere Eltern erzählten oft, dass sie sich vom Tag meiner Geburt an aufführte, als wäre sie meine Mutter. Sie wollte mich füttern und anziehen und machte ein Riesentheater, wenn sie mich nicht halten durfte. Ich erinnere mich noch sehr deutlich daran, dass sie mich überall mit hinschleppte, mich umsorgte und beschützte. Erst, als ich zur Schule ging und eigene Freundinnen hatte, lösten wir uns ein wenig voneinander.

Wir sind uns ähnlich, schon äußerlich und auch vom Wesen her. Es störte uns nicht, dass wir uns ein Zimmer teilen mussten – ganz im Gegenteil! Wir waren ohnehin unzertrennlich und schliefen oft eng umschlungen in einem Bett.

Ingrid dagegen war lieber für sich. Sie liebte keine Vater-Mutter-Kind-Spiele, sie liebte ihre Bücher.

Vielleicht liegt es daran, dass bei drei Geschwistern immer einer zu viel ist, immer einer stört oder abseits steht. Ingrid stand abseits, freiwillig.

Früher rief mich Jutta oft an, doch leider meist gegen Abend, wenn ich das Essen zubereitete.

Als mein Mann noch lebte, hatten wir streng geregelte Essenszeiten. Er liebte Kartoffel-gerichte, die Punkt 18 Uhr auf dem Tisch zu stehen hatten. Ich tat ihm gern diesen kleinen Gefallen, denn ich war meist bereits am frühen Nachmittag daheim. Meine Arbeit brachte ich niemals mit nach Hause, die erledigte ich immer in der Schule. Somit hatte ich viel Zeit, mich um den Haushalt und meinen Mann zu kümmern. Ich habe das gern gemacht.

Wenn ich am Telefon mit Jutta schwatzte und dabei die Zeit vergaß, wurde mein Mann wütend und ich unruhig. Ich konnte mich nicht mehr auf das Gespräch konzentrieren und überlegte nur noch, wie ich es so schnell wie möglich beenden könnte. Das kränkte Jutta. Seitdem ruft sie mich nur noch selten an. Dabei wäre es heute kein Problem mehr, weil ich schließlich allein lebe.

*****

Heute ist Weihnachten, der zweite Feiertag und ich vermisse ihren Anruf. Noch mehr vermisse ich den persönlichen Kontakt. Doch das ist nicht so einfach, denn sie wohnt viel zu weit weg, nördlich von München. Wir können uns nie kurz besuchen, um einen Kaffee miteinander zu trinken und munter zu schwatzen.

Als unsere Eltern noch lebten, kam Jutta hin und wieder mit ihrem Mann Peter und ihren beiden Söhnen nach Chemnitz. Wir machten Station bei ihr, wenn wir von einem Urlaub aus den Alpen zurück kamen. Seit Sascha in Ingolstadt lebt, fahren wir direkt zu ihm und halten bei Jutta nicht mehr an.

Im Laufe der Jahre sahen wir uns immer seltener und seit der letzten Beerdigung überhaupt nicht mehr. Wie lange ist das jetzt her? Vier Jahre.

Ohne meinen Mann mag ich nicht mehr in den

Urlaub fahren und mag auch keine langen Autobahnstrecken.

Vor einem Jahr wollte ich mit Tamika eine Ferienwoche in Pottenstein verbringen. Ich mag das Mädchen sehr. Es ist unkompliziert, ruhig und immer freundlich. Ich hatte ein Zimmer in einem Hotel gebucht, wo man kostenfrei das angeschlossene Stadtbad benutzen konnte. Mit dem Auto hätte ich nicht länger als zwei Stunden auf der Autobahn fahren müssen und Sascha wollte mir Tamika direkt zum Hotel bringen.

Doch es kam alles anders, weil Sabine einen Riesenstreit vom Zaun brach. Zuerst kritisierte sie, dass ich ausgerechnet Tamika mitnehme, obwohl sie nicht wirklich zur Familie gehört, während ich fünf echte Enkel daheim ließ. Im Grunde hatte sie recht, doch ihre Tochter und Saschas Söhne gingen noch nicht einmal in den Kindergarten. Die Verantwortung für so kleine Kinder wollte ich nicht übernehmen, schon gar nicht für alle drei gleichzeitig. In die Schule sollten die Enkel schon gehen, damit sie verständig sind und man mit ihnen etwas unternehmen kann, in ein Museum oder eine Ausstellung gehen oder ein Konzert besuchen. So wie Tamika und Melanies Kinder. Doch die beiden kleinen Musiker wollten nicht auf ihre geliebten Musikstunden und schon gar nicht auf diverse Auftritte verzichten.

Melanie hielt sich komplett aus dem Streit heraus, während Sascha Sabine als Neidhammel beschimpfte.

„Jedes Wochenende parkst du Lisa bei Mama", kritisierte er.

„Na und? Keiner verbietet dir, deine Kinder ebenfalls übers Wochenende zur Oma zu bringen."

Am Ende musste Tamika daheim bleiben und ich die Buchung stornieren.

Danach habe ich nie wieder versucht, mit einem der Enkel eine Ausnahme zu machen. Bis auf Lisa. Diesbezüglich empfand es Sabine nicht als ungerecht, dass ich nur ein Kind betreute. Schließlich könne sie nichts dafür, dass Sascha weit weg wohnt und Melanies Kinder ständig irgendwelche Auftritte hätten.

Jedenfalls bin ich nie wieder in den Urlaub gefahren – weder allein noch mit einem der Kinder oder Enkel.

Eigentlich mag ich überhaupt nicht wegfahren, schon gar nicht im Sommer. Irgendwie ist es verrückt, bei hochsommerlicher Hitze in ein Land zu reisen, wo es ebenso heiß ist wie hier oder möglicherweise noch heißer, wo nicht einmal Schatten Kühlung bringt und man sich nur in ein kaltes Meer retten könnte. Außerdem liebe ich die schöne Biergartensaison in der Stadt und möchte sie nicht missen.

*****

Jutta kann nicht in den Urlaub fahren, weil sie sie rund um die Uhr irgendwen versorgen muss. Während ihrer Arbeit als Ergotherapeutin in einem Pflegeheim kümmert sie sich um alte Menschen. Außerdem ist sie die Leiterin von zwölf Therapeuten, muss deren Arbeitszeiten einteilen, die Therapiepläne und Veranstaltungen im Haus festlegen und die Praktikanten beschäftigen. Das ist mit Sicherheit schwierig, denn häufig ist eine Mitarbeiterin krank, manchmal sogar mehrere gleichzeitig. Dann übernimmt sie freiwillig Doppelschichten, damit die alten Leute wie geplant betreut werden können. Das halte ich für übertrieben, denn sie sollte auf ihre eigene Gesundheit achten, zumal sie daheim genug Sorgen hat.

Denn morgens und abends versorgt sie ihre Schwiegermutter, die seit zwei Jahren bei ihr im Haus lebt und den ganzen Tag ans Bett gefesselt ist. Die alte Dame will nicht in ein Altersheim, sie will bei ihrem Sohn leben. Doch Peter kümmert sich nicht um seine Mutter, das überlässt er Jutta. Die schläft oft nachts im

Zimmer der Schwiegermutter auf dem viel zu kurzen Sofa, damit sie zur Stelle ist, falls diese nach ihr ruft, zur Toilette muss oder etwas zu trinken möchte. Davon bekommt Jutta Rückenschmerzen.

Bevor sie zur Arbeit geht, wäscht sie die alte Frau und bringt ihr das Frühstück ans Bett. Auch am Abend versorgt Jutta sie, bevor sie selbst ein wenig zur Ruhe kommt.

Peter ist seit sechs Jahren Rentner und könnte ihr viel Arbeit abnehmen. Er ließ sich damals im Zuge einer Vorsorgeuntersuchung den Darm spiegeln, der dabei verletzt wurde. Es kam zu einer komplizierten Notoperation und Peter ist seitdem erwerbsunfähig.

Jutta erwartet, dass er sich nützlich macht, Kurse besucht, Sport treibt, Vereinen beitritt statt untätig daheim herumzusitzen und Trübsal zu blasen. Und er sollte sich wenigstens um seine Mutter kümmern. Doch zu nichts davon hat Peter Lust. Er will seine Ruhe und wisse selbst, was für ihn gut sei.

Peter hat sich auf eine recht unangenehme Weise verändert, seit er daheim ist. Ingrid behauptet, das liegt an den Nachwirkungen der Narkose während seiner schweren Darmoperation. Sie hat im Internet gelesen, dass jeder zehnte Patient unter Langzeitstörungen leidet, welche sich verschlimmern, wenn sie nicht erkannt und behandelt werden. Ich kann mir nicht vorstellen, dass eine Narkose einen derartigen Schaden verursacht. Jutta und Peter glauben das ebenfalls nicht, obwohl Peter hin und wieder seltsame Wahnvorstellungen hat und damit seine Familie, Freunde und Nachbarn irritiert. Manchmal ist es so schlimm, dass Jutta den Abend oder ein freies Wochenende lieber mit Freundinnen verbringt als mit ihrem Mann.

Sie erzählte uns, Peter fühlt sich verfolgt und verdächtigt sämtliche Leute, ihm etwas Böses zu wollen. Er ist äußerst misstrauisch geworden und lässt niemanden in sein Haus, nicht einmal Juttas Schwestern. Sobald Jutta uns erwähnt, gerät er in Wut, beschimpft sie und zerschlägt sogar Geschirr.

Ich habe immer Angst, dass er in solchen Momenten Jutta verletzt und kann mit dieser fatalen Situation überhaupt nicht umgehen. Ingrid meint, man müsse die Leute so nehmen wie sie sind. Wenn Peter sie nicht im Haus haben will, geht sie eben nicht hin. Schon unsere Mutter sagte immer: „Gehe nicht dorthin, wo man dich ablehnt, und bleibe nicht, wo man dich nicht mag!"

Aus diesem Grund ist der Kontakt zu Jutta für uns alle schwieriger geworden.

*****

Juttas Hausarzt riet ihr dringend zu einer Kur, die sofort bewilligt wurde. Es hieß, sie habe Burnout, Erschöpfung.

Ich kann mir gut vorstellen, dass Jutta völlig ausgebrannt ist. Sie selbst glaubt allerdings, dass sie keine Probleme hat und ihren Alltag locker bewältigt. Die Arbeit im Pflegeheim macht ihr Freude, die Pflege ihrer Schwiegermutter wäre keine große Anstrengung. Sie sei nicht erschöpft, nur enttäuscht über Peter.

„Jutta hat das Helfersyndrom", erklärt Ingrid.

Das weiß ich. Sie ist immer bereit, sich nützlich zu machen, auszuhelfen, zuzupacken – ob daheim oder bei ihrer Arbeit.

„Anderen Menschen kann man helfen, sich selbst aber oft nicht", sagt sie.

Über diesen Satz dachte ich lange nach. Möglicherweise trifft er tatsächlich auf Jutta zu.

Ingrid fuhr sofort in den Kurort und besuchte unsere Schwester. Ich sollte sie begleiten, doch in der Woche habe ich Unterricht und am Wochenende die kleine Lisa bei mir.

Später erzählte mir Ingrid, dass Jutta sich langweile. Sie käme sich schrecklich faul vor, weil sie den ganzen Tag nur spazieren geht, schwimmt und sinnlose Gespräche mit fremden

Leuten führt, während daheim viel Arbeit auf sie wartet.

„Weißt du, dass sie uns belügt, ist nicht tragisch", erklärt Ingrid. „Viel schlimmer ist, dass sie sich selbst belügt. Das kann gar nicht gut gehen. Jetzt hat sie den Salat bzw. Burnout."

Nach der Kur lebte Jutta genauso weiter wie vor der Kur. Darüber ärgerte sich Ingrid maßlos. Sie wollte, dass Jutta mehr an sich selbst denkt und ihr Leben komplett ändert.

Doch was sollte sie ändern?

Sie kann nichts daran ändern, dass ihr Mann krank ist, seine Mutter gepflegt werden muss und die Söhne ihr Sorgen bereiten.

Filip ist ein Nachzügler, ein Problemkind. Er hat das Downsyndrom. Das heißt, er konnte keine normale Schule besuchen und nicht einmal allein hinaus zum Spielen oder gar Radfahren. Er war oft krank und brauchte viel Zuwendung. Jutta blieb damals zu Hause und war rund um die Uhr für ihren Jungen da. Sie suchte die passenden Schulen für ihn aus und half ihm während seiner Ausbildung zum Gärtner. Filip ist nicht dumm, er kann schreiben und lesen und findet sich in seiner Umgebung problemlos zurecht. Er braucht nur für alles etwas länger als andere Kinder.

Nachdem klar war, dass der Junge nicht allein zurecht kommt, baute Peter im Dachgeschoss eine Wohnung für ihn aus mit einer eigenen kleinen Küche und Duschbad. Doch kaum war die Wohnung fertig, zog Filip in eine betreute Wohngemeinschaft. Das ist eine Vierraumwohnung in einem Plattenbau, in der in jedem Zimmer ein behinderter Junge wohnt, die große Wohnküche ist der Gemeinschaftsraum. Auf diesen plötzlichen Auszug waren seine Eltern nicht gefasst und schon gar nicht vorbereitet.

Nun liegt Peters Mutter in dieser Wohnung, obwohl ich der Meinung bin, dass sie in einem Pflegeheim besser aufgehoben wäre. Sie hätte fachgerechte Pflege und Jutta ein erheblich leichteres Leben.

*****

Das viele Grübeln hilft nicht, auch nicht das Warten auf Juttas Anruf. Ich muss selbst etwas tun, greife entschlossen zum Hörer und rufe bei ihr an.

„Ich bin krank", sagt sie.

Das erschreckt mich, denn Jutta ist so ein Mensch, der sogar mit dem Kopf unter dem Arm zur Arbeit geht. Sie hasst es, krank zu sein. Und sie hasst es, bedauert zu werden. Für sie bedeutet Krankheit eine Schwäche, die es zu bekämpfen gilt, die sie nicht zugibt und für sie nicht in Frage kommt.

„Nach einer Woche ging es wieder und ich konnte wieder zur Arbeit gehen. Doch dort traf mich fast der Schlag, denn die Direktion hatte für zwei wirklich gute Aushilfskräfte die Verträge nicht verlängert, dafür zwei neue vom Jobcenter eingestellt. Die Neuen müssen erst angelernt werden. Außerdem geht meine beste Kraft Ende des Monats in Rente."

Das ist viel auf einmal und ich tröste: „Du gehst auch bald in Rente."

„Erst zum nächsten Jahreswechsel."

„Warum? Du hast im Frühjahr Geburtstag und könntest bereits im Sommer faul in deinem Garten liegen."

Natürlich weiß ich, dass Jutta nicht faul im Garten liegen würde. Sie hat immer etwas zu tun, zupft Unkraut, pflanzt Blumen, streicht die Gartenstühle und was weiß ich nicht alles. Außerdem dekoriert sie aller paar Wochen ihr gesamtes Haus um.

„Bist du verrückt?", schimpft sie. „Auf die Jahresendprämie will ich auf gar keinen Fall verzichten."

Natürlich nicht. Das hätte ich mir denken können.

„Pfeife doch auf die paar Kröten!", rate ich.

Sofort beiße ich mir auf die Zunge, denn ich

klinge mit solch einer Anweisung schon fast wie Ingrid.

„Paar Kröten? Das sind fast zwei Tausender. Den Gefallen tue ich denen nicht."

„Vergiss nicht: Es geht um deine Gesundheit! Was genau hast du überhaupt."

„Habe ich das nicht gesagt?"

„Nein, hast du nicht."

„Ich habe Sprachstörungen, mir fehlen manchmal Worte oder ganze Sätze", flüstert sie, als habe sie Angst, dass es jemand hören könnte und alles dadurch noch viel schlimmer würde.

„Das ist ja furchtbar!", rufe ich aus. „Du bist auf deine Sprache angewiesen."

Ohne Sprache kann eine Therapeutin nicht arbeiten. Hinzu kommt, dass Jutta immer gern alles ausdiskutiert, über jedes Problem und jedes Gefühl sprechen möchte. Ohne das richtige Wort kann sie sich nicht ausdrücken, nicht mitteilen. Das muss für sie eine wirkliche Katastrophe sein.

Ich höre, dass sie einen tiefen Seufzer ausstößt.

„Dann lasse dich länger krank schreiben!", schlage ich vor.

„Das sagt meine Freundin auch. Doch das geht nicht. Ich muss mich um die Heimbewohner kümmern und auch um meine Mitarbeiter. Ich kann nicht einfach so wegbleiben."

Das verstehe ich gut. Doch spätestens, wenn sie in Rente ist, wird die Arbeit ohne sie funktionieren müssen.

Deshalb sage ich: „Ob du bereits im Sommer oder erst zum Jahresende in Rente gehst, sie werden jetzt oder später ohne dich zurechtkommen."

Darauf antwortet Jutta nicht. Ich weiß, dass sie sich nicht auf die Rente freut. Sie will nicht untätig daheim herumsitzen, sondern ehren-amtlich alten und behinderten Menschen helfen. Und sie will viel reisen, obwohl das Peter nicht gefallen wird.

„Dass dir ausgerechnet die Sprache wegbleibt, ist ein ganz ernstes Signal", warne ich.

„Was denn für ein Signal?", fragt Jutta erstaunt.

„Du bist vielleicht kränker als du glaubst. Dein Körper schickt dir sozusagen ein Notsignal."

„Notsignal? So ein Unsinn!" Nach einer Pause setzt sie hinzu: „Außerdem geht es wieder."

„Mag sein, doch du solltest wirklich besser auf dich achten."

„Mir geht es gut. Das sagte ich bereits."

„Das habe ich gehört", antworte ich patzig. „Wenn du wenigstens deine Schwiegermutter nicht an der Backe hättest! Das hält das stärkste Pferd nicht aus."

Jutta lacht. „Ich bin kein Pferd, du Nuss!"

„Immerhin ein unverbesserliches Arbeitstier", lenke ich ein.

„Besser als so faul herumzusitzen wie Peter."

Insgeheim stimme ich ihr zu. Peter ist meiner Meinung nach wirklich faul, weil er sich nicht einmal um seine Mutter kümmert. Er überlässt dies seiner Frau, die immerhin den ganzen Tag und oft auch an den Wochenenden arbeitet.

Doch über Peter mag ich nicht mit ihr reden. Deshalb lenke ich auf Ingrid ab.

„Ingrid ist ebenfalls Rentner und tut gar nichts."

„Da täuschst du dich", antwortet Jutta. „Sie tut sehr viel in ihrem Nachbarschaftsverein."

„In ihrem was?"

„Nachbarschaftsverein. Sie nimmt Pakete für die Nachbarn an, kauft für sie ein, wenn sie das nicht selbst erledigen können, gießt die Blumen bei denen, die im Urlaub sind."

Ingrid wohnt im Plattenbau. Das riesige Haus hat sieben Stockwerke und zwölf Eingänge. Ich könnte mich dort nicht wohl fühlen. Sie sollte sich lieber um ihren Mann und ihre Söhne kümmern als um fremde Leute.

„Und was bekommt sie dafür?"

„Ein Lächeln, ein freundliches Wort."

Als ob man sich dafür etwas kaufen kann.

„Mir gefällt das. Ich werde das ebenfalls machen, wenn ich in Rente bin."

„Hast du mit Peters Mutter nicht schon genug

zu tun?"

„Darum geht es nicht", antwortet Jutta. „Ingrid sagt, Nachbarn sind soziales Kapital, das gesund und glücklich macht."

Was das nun wieder bedeutet: soziales Kapital. Es macht gesund und glücklich, wenn ich für fremde Leute einkaufe? Ich helfe ebenfalls gern, doch beschränkt sich diese Hilfe meist auf meine Familie. Da gehört man dazu.

„Man vereinsamt ohne Nachbarn."

Dazu sage ich nichts. Für Jutta und Ingrid mag das zutreffen, da sie keine Enkel haben. Doch ich habe schließlich Enkel und außerdem meine anspruchsvolle Arbeit in der Schule.

Ich möchte das Thema beenden und frage: „Waren deine Jungs zum Fest bei euch?"

„Filip war gestern hier, heute feiert er mit seinen Freunden und morgen kommt er zum Gänse-braten."

„Und Sebastian?"

„Der ist auf Mauritius."

Das klingt eher nach einem schönen Urlaub über die Feiertage. In der südlichen Sonne und am Meer wäre ich jetzt ebenfalls gern, denn den Winter mag ich gar nicht. Wir haben zwar zum Glück noch keinen Frost und auch keinen Schnee, doch der Himmel ist immer grau und bedeckt. Das drückt sehr auf meine Stimmung. Deshalb beneide ich Sebastian ein wenig.

Sebastian wohnt in Nordfrankreich, in Vannes, das ist mehr als tausend Kilometer von München entfernt. Jutta kann ihn niemals besuchen, denn zuerst wohnte Filip bei ihnen und nun die Schwiegermutter, die eine Kurzzeitpflege kategorisch ablehnt. Sebastian ist weltweit viel unterwegs und besucht seine Eltern nur selten. Jutta hängt sehr an diesem Jungen und würde ihn gern viel öfter sehen.

Sebastian ist bereits über vierzig Jahre alt. Er treibt gern Sport, geht mit Freunden klettern oder tauchen, Radfahren oder Bergwandern. Doch eine Frau oder gar Kinder will er nicht, Er sagt, das würde ihn massiv einschränken. Ich glaube, Jutta hätte sehr gern Enkel, zumal Filip vermutlich niemals Vater wird.

„Stell dir vor", sagt Jutta plötzlich ganz begeistert, „ich habe traumhaft viel abgenommen. Fast zehn Kilo in den letzten zwei Wochen."

Zehn Kilo in so kurzer Zeit? Das ist wirklich viel. Und das ausgerechnet über Weihnachten, wo man meist zu viel des Guten isst. Sicher macht sie wieder solch eine alberne Diät, trinkt nur Obstsäfte oder ersetzt zwei Mahlzeiten am Tag durch ein Pulver aus der Apotheke.

Ich wäre auch gern schlank, doch bei mir klappt das nicht. Ich habe das Gefühl, immer dicker zu werden, obwohl ich nicht mehr esse als früher. Vielleicht liegt das am Alter. Ich habe mal gelesen, dass man im Alter die Nahrung anders verwertet und deshalb zunimmt. Doch mich interessiert Juttas Diät. Möglicherweise passt sie zu mir.

„Was hast du denn gemacht?", frage ich.

„Nichts."

„Nichts? Das glaube ich nicht."

„Nein, ehrlich! Ich habe nur in letzter Zeit überhaupt keinen Hunger mehr."

Hunger kenne ich ebenfalls nicht, vielleicht, weil ich seit vielen Jahren regelmäßig zu festen Zeiten esse.

„Mir fehlt der Appetit. Ich habe nicht einmal Lust zum Kochen. Natürlich bereite ich für Peter und seine Mutter die Mahlzeiten zu und setze mich mit an den Tisch, doch meist kann ich mich zum Essen nicht überwinden."

Das finde ich jetzt seltsam, denn Jutta hat immer gern gut gegessen. Und sie hatte Freude am Kochen. In ihrer Küche befindet sich ein ganzes Regal voller Kochbücher mit komplizierten Rezepten aus aller Herren Länder.

„Meinst du, das ist normal?", frage ich ungläubig.

„Was ist schon normal? Ich bin zufrieden und habe mein Traumgewicht von sechsundfünfzig

Kilo. Das heißt, ich würde glatt wieder in mein Hochzeitskleid passen."

Jutta lacht.

Sechsundfünfzig Kilogramm Gewicht bei ihrer stattlichen Größe von fast einem Meter achtzig sind meiner Meinung nach entschieden zu wenig. Doch es hat keinen Sinn, sie darauf aufmerksam zu machen, zumal sie sich gerade so sehr freut. Diese Freude möchte ich ihr nicht zerreden.

Wir plaudern noch ein Weilchen. Zum Abschluss unseres Gesprächs ermahne ich sie nochmals, sich erst gründlich auszukurieren, bevor sie wieder zur Arbeit geht.

„Das geht nicht. Ich werde gebraucht. Ich kann mich nicht einfach ausklinken."

Ausklinken. Wie das wieder klingt.

„Und wenn du plötzlich zusammenbrichst, wird es auch ohne dich gehen müssen."

Eine schlechte Nachricht

Drei Wochen später klingelt gegen Abend mein Telefon.

„Jutta hier." Die Stimme meiner Schwester klingt leise und seltsam bedrückt.

„Ja? Hallo! Hallo!"

Das Gespräch ist unterbrochen. Ich wähle

sofort ihre Nummer, aber nicht sie geht ans Telefon, sondern Peter.

„Grüß dich! Wie geht es dir? Gibst du mir bitte Jutta?"

„Nein."

Was soll das? Vielleicht störe ich gerade, doch Jutta wollte mich sprechen, also sollte er sie jetzt sofort zum Telefon bitten. Vielleicht haben sie Streit miteinander, was wohl in letzter Zeit häufiger vorkommt. Das macht mich sofort unruhig und ich sage etwas kurz angebunden: „Sie rief mich soeben an, doch das Gespräch wurde unterbrochen. Gib sie mir bitte!"

„Sie ist nicht da."

Also hat sie vom Handy aus angerufen.

„Ich versuche es auf ihrem Handy", sage ich und will mich verabschieden.

„Das funktioniert nicht."

„Wieso?"

„Sie hat dort kaum Empfang."

Peter spricht in Rätseln und ich frage ungeduldig: „Wo ist sie denn?"

Schließlich sagt er: „Im Krankenhaus."

„Du lieber Himmel! Was ist denn passiert?"

„Nichts schlimmes. Also kein Unfall oder so. Sie hat nur kaum Verbindung dort, dazu muss sie erst hinaus in den Park. Versuche es einfach wieder!"

Und schon hat er aufgelegt.

Sofort wähle ich Juttas Handynummer, doch es geht keiner ran. Also tippe ich eine SMS und spreche außerdem auf ihre Mailbox. Doch ich erhalte weder eine Antwort noch einen Rückruf.

Zunächst mache ich mir keine Sorgen, denn Peter sagte ausdrücklich, dass es nichts schlimmes sei und sie im Krankenhaus kaum Möglichkeit zum Telefonieren habe.

Andererseits wollte sie mich sprechen und deshalb ist es wichtig, sie zu erreichen. Mir fällt ein, dass man in jedem Krankenhaus Telefonkarten für die hauseigenen Telefone kaufen kann, die sich an jedem Krankenbett befinden. Warum besorgt sie sich nicht solch eine Karte, wenn das Handy nicht funktioniert?

Möglicherweise hat sie sich nur verwählt oder es war nicht so wichtig, was sie mir sagen wollte.

Doch sie ist im Krankenhaus. Das macht mir trotz Peters Beschwichtigungen Sorgen. Was ist, wenn sie gar nicht selbst telefonieren kann? Diesen dummen Gedanken schiebe ich sofort weit von mir, denn schließlich weiß ich von Peter, dass es nichts schlimmes ist. Vermutlich ist es nur solch eine alberne Routineuntersuchung, auf die Jutta so schwört. Seit ihrem 45. Lebensjahr lässt sie keine der von den Krankenkassen empfohlenen Vorsorgeuntersuchungen aus. Doch ich glaube, solche Untersuchungen werden nicht im Krankenhaus durchgeführt.

*****

Deshalb versuche ich täglich, Jutta auf ihrem Handy zu erreichen. Doch sie geht nicht ran, ruft nie zurück und beantwortet meine SMS nicht.

Also wähle ich eine Woche darauf erneut Peters Nummer daheim. Leider meldet sich nur der Anrufbeantworter.

Ich spreche auf Band, dass ich oft vergeblich versuchte, Jutta auf ihrem Handy zu erwischen und sie nicht zurückrief, wie sehr es mich beunruhigt, keine Information zu bekommen und dass ich mir große Sorgen mache.

Peter meldet sich noch am gleichen Abend.

„Eigentlich wollte ich überhaupt nicht mehr mit dir reden."

Warum denn nicht? Ich bin derart überrascht, dass ich nur sprachlos in den Hörer lausche und hoffe, dass er weiterspricht.

„Doch du bist nun mal die Schwester und da gehört es sich, dass du Bescheid weißt. Jutta ist vor zwei Wochen auf der Arbeit zusammen-gebrochen und wurde ins Krankenhaus gebracht. Die Ärzte glaubten anfangs an einen

Schlaganfall, doch das ist es nicht."

Sofort bin ich erleichtert. Ich merke, wie mir ein großer Stein vom Herzen fällt, denn beim Wort Schlaganfall habe ich automatisch meine Nachbarin vor Augen, die seitdem nicht mehr sprechen und schon gar nicht laufen kann. Sie sitzt den ganzen Tag am Fenster und schaut hinaus. Auf mein Winken reagiert sie nicht.

„Was ist es dann?", frage ich.

„Ihr gesamter Körper und auch der Kopf ist voller Metastasen. Das wollte ich dir nur gesagt haben."

Vor Schreck kann ich gar nichts sagen. Ich fühle mich wie gelähmt und taste nach dem Stuhl.

„Soll ich kommen?", frage ich.

„Nein, sie ist im Krankenhaus gut aufgehoben."

Und schon hat er aufgelegt. Ohne weitere Erklärungen und ohne Abschiedsgruß.

Wie kann man im Krankenhaus gut aufgehoben sein? Sicher meint er versorgt, medizinisch versorgt. Doch jeder Mensch braucht außerdem seelische Fürsorge. Er muss jemanden haben, der ihn tröstet, ihn aufbaut. Ich bin mir sicher, dass Peter täglich Blumen und Obst ans Krankenbett bringt, doch ob er Jutta trösten kann, weiß ich nicht.

Sie wird vermutlich große Schmerzen haben

und noch größere Angst. Angst vor den Metastasen. Metastasen bedeuten Krebs. Hat Peter gesagt, ob sie Brustkrebs hat oder einen Tumor, der im Magen sitzt? Ich kann mich nicht mehr erinnern.

Doch ich erinnere mich, dass mir Jutta erzählte, dass sie in nur zwei Wochen zehn Kilogramm abnahm und überhaupt keinen Hunger mehr verspürt. Warum habe ich nicht sofort an eine Krankheit gedacht, sondern nur an eine Diät?

Auch Peter wird Trost brauchen. Und Hilfe. Vor allem bei der Pflege seiner Mutter. Damit wird er nicht zurechtkommen. Er wird überhaupt allein nicht gut zurechtkommen. Bisher hat Jutta den gesamten Haushalt geführt.

Die Sorge um Peter und seine Mutter wird Jutta zusätzlich belasten, obwohl sie selbst sehr krank ist.

Am besten ist, wenn ich sofort nach München fahre und meine Hilfe anbiete. Doch Peter möchte nicht, dass ich komme. Aber vielleicht möchte mich Jutta sehen. Das erscheint mir viel wichtiger. Warum nur habe ich nicht gleich nach der Adresse des Krankenhauses gefragt?

Schweigen nach dem Anruf

Ich setze mich an meinen Computer und gebe *Metastasen im Körper* ein. Gleich als erstes lese ich: „Metastasen sind Tochtergeschwülste eines Tumors aus einem anderen Körpergewebe. Sie stammen von bösartigen Krebszellen ab, die sich vom ursprünglichen Primärtumor gelöst und über Blut- und Lymphbahnen an ihren neuen Ort gewandert sind."

Das heißt, Metastasen sind schlimmer als der Krebs selbst. Plötzlich wird mir furchtbar übel. Damit habe ich nicht gerechnet. Von Kollegen und Nachbarn höre ich hin und wieder von Krebserkrankungen. Soweit ich mich erinnere, hilft dagegen eine Chemotherapie. Oder war es eine Operation? Oder beides? Warum nur habe ich mir das nicht gemerkt? Normalerweise bin ich ein guter Zuhörer.

Aufgeschreckt laufe ich im Zimmer hin und her. Mir gehen viele Gedanken gleichzeitig durch den Kopf über Tumore, Metastasen, Chemotherapie und Operationen. Ich kann mich nicht konzentrieren. Doch das bringt nichts. Ich muss den Artikel zu Ende lesen. Jetzt.

„Metastasen sind zu 90% für den Tod der Krebspatienten verantwortlich. Durch deren

Vielfalt ist eine wirksame Therapie fast unmöglich."

Für den Tod verantwortlich? Jutta muss möglicherweise sterben? Eine Therapie ist nicht möglich? Aber man kann doch nicht einfach nichts tun!

Ich schalte den Computer aus, weil ich mich nicht mehr in der Lage fühle, weiterzulesen. Ich fühle mich elend und hilflos. So schlimm hatte ich es mir nicht vorgestellt. Ich kenne zwei Kollegen und ebenso viele Nachbarn, die von Krebs geheilt wurden. Heißt das, sie hatten keine Metastasen im Körper? Oder hatten sie einen ganz anderen Krebs als Jutta? Dabei gibt es sicher ebenfalls Unterschiede. Wo befindet sich bei ihr der eigentliche Krebs? Darüber hat Peter nicht gesprochen.

Sofort rufe ich Ingrid an.

„Hier ist Dagmar. Hat sich Peter bei dir gemeldet?", frage ich ohne jede Einleitung.

„Peter? Der ruft doch nie an. Wie kommst du darauf?"

„Ich habe soeben von ihm erfahren, dass Jutta im Krankenhaus liegt."

„Du liebe Zeit! Was ist denn passiert?", fragt sie erschrocken.

„Ihr Körper ist voller Metastasen. Mehr weiß ich nicht. Ich bin völlig durcheinander."

„Das hört sich gar nicht gut an", sagt sie leise. Doch sie wirkt auf mich wie immer gefasst und weiß mit Sicherheit Rat.

„Ich rufe jetzt Peter an und frage konkret nach." Jetzt bin ich erleichtert, denn Ingrid erreicht mit ihrer ruhigen und bestimmten Art immer, was sie will.

„Du musst auch fragen, wo der Krebs sitzt, ob in der Brust, Unterleib oder wo auch immer. Und in welchem Krankenhaus sie liegt."

„Natürlich, das versteht sich von selbst."

Erst eine halbe Stunde später ruft Ingrid zurück. „Stell dir vor, Peter hat mich sofort, als er meinen Namen hörte, als gemeine Lügnerin beschimpft."

„Lügnerin?"

Wobei soll sie denn gelogen haben? Sie wollte doch nur Genaueres über Juttas Krankheit erfahren.

„Ich kam gar nicht dazu, etwas zu fragen. Er legte sofort auf. Was sagst du dazu?"

Ich sage erst einmal gar nichts, weil ich mir beim besten Willen nicht vorstellen kann, warum Peter nicht mit uns spricht. Jutta ist schwer krank. Wir sind ihre Schwestern und wollen wissen, wie es ihr geht.

Wer außer Peter könnte uns Auskunft geben? Vielleicht Sebastian, Juttas älterer Sohn. Er lebt irgendwo in Nordfrankreich. Leider habe ich seine Nummer gar nicht.

„Kannst du Basti erreichen?", frage ich.

„Nein. Wir haben keinen Kontakt."

Eigentlich hätte mir das von allein klar sein müssen, denn sie hält ihn für einen Lebenskünstler, einen Weltenbummler, für jemanden, auf den man sich nicht verlassen kann, der nicht arbeitet und nur sein Vergnügen im Kopf hat. Ich verstehe mich viel besser mit dem Jungen, doch seine Adresse und Telefonnummer habe ich ebenfalls nicht.

„So ein Mist!", schimpfe ich. „Dann bleibt uns nichts anderes übrig, als alle Krankenhäuser durchzurufen."

Ingrid lacht. Wie kann sie jetzt lachen? Es ist kein frohes Lachen, eher spöttisch. Ich mag dieses Lachen nicht.

„Ich habe bereits recherchiert. München hat fünf Krankenhäuser und sechzig Fachkliniken."

Sechzig? Da finden wir sie nie. Trotzdem sage ich: „Na und? In irgendeinem wird sie stecken."

Ingrid lacht wieder. Dieses Mal klingt es eher unsicher.

„Zur Uniklinik gehört eine Strahlenklinik. Dort könnte sie sein."

„Strahlenklinik? Wieso denn Strahlenklinik?"

„Krebs. Bestrahlung. Chemo. Alles klar?"

Was bitte soll mir daran klar sein? Im Internet

stand eindeutig, dass keine Therapie möglich ist. Was also sollte Jutta in einer Strahlenklinik?

„Ich glaube nicht, dass sie in einer Strahlenklinik ist", sage ich. „Gegen Metastasen gibt es keine Hilfe."

„Ich weiß", sagt Ingrid ziemlich resigniert. „Doch Krebspatienten kommen nie in ein normales Krankenhaus."

Das klingt logisch. Was machen wir denn jetzt?

„Ich habe trotzdem dort angerufen, doch sie geben leider keine Auskunft."

„So ein Mist!", schimpfe ich noch einmal.

„Vielleicht können sie ihr doch noch helfen", ergänze ich hoffnungsvoll. „Sonst wäre es Unsinn, sie in solch eine Spezialklinik zu bringen."

„Sie werden sie auf jeden Fall behandeln wollen, da bin ich mir sicher."

„Auch, wenn es nichts nützt?", zweifle ich.

„Auch dann. Doch ich glaube nicht, dass Jutta etwas machen lässt."

„Was meinst du mit machen lassen?"

„Chemo, Bestrahlung, Operation – nichts davon wird sie zulassen."

Das glaube ich nicht. Jutta ist krank. Selbstverständlich wird sie alles tun, um wieder gesund zu werden. Und um gesund zu werden, sind Behandlungen nötig, die allein der Arzt festlegt und vom Patienten respektiert werden.

Jutta hat schon immer viel für ihre Gesundheit getan und seit ihrem 45. Lebensjahr keine einzige Vorsorgeuntersuchung ausgelassen. Sie handelt vorausschauend und möchte, dass eine mögliche Krankheit frühzeitig erkannt wird, damit man sie behandeln kann. Es ist also vollkommen ausgeschlossen, dass sie eine Behandlung ablehnt.

„Wie kommst du darauf?", will ich wissen.

„Ich weiß es, weil sie es mir gesagt hat."

Ich kann mir nicht vorstellen, dass sich Jutta ausgerechnet Ingrid anvertraut.

„Was soll sie gesagt haben?"

„Wortwörtlich sagte sie: Ich bin jetzt über Sechzig, jetzt lasse ich nichts mehr machen, falls ich krank werden sollte. Keine Operation - jetzt ist es wie es ist."

Das glaube ich nicht, denn wenn man krank ist, muss man operiert werden. Einen anderen Weg gibt es nicht.

„Weshalb sollte sie keine OP wollen?"

„Weil Operationen Schmerzen bringen und nur selten Heilung."

Jetzt redet Ingrid Unsinn. Natürlich hat man Schmerzen, doch meist nur VOR dem Eingriff, danach ist die Krankheit behoben und die Wunden heilen.

„Du spinnst!", sage ich kurz. Meine restlichen Gedanken behalte ich für mich.

„Was hast du davon, wenn du länger lebst?"

Auf diese dumme Frage fällt mir keine Antwort ein. Jeder Mensch will so lange wie möglich leben, da bin ich mir sicher. Im Alter kommen meist kleine und große Zipperlein hinzu, doch leben möchte jeder so lange es nur irgend geht. Jutta ist nicht alt, noch nicht einmal 63 Jahre. Selbst, wenn man den Krebs wegen der Metastasen nicht heilen kann, so kann sie doch noch mehrere Jahre leben.

„Peter wurde vor acht Jahren am Darm operiert. Es geht ihm gut heute", sage ich trotzig.

„Genau daran habe ich jetzt gedacht und du kennst die Ursache."

Sie spielt auf Peters Darmspiegelung an, die ihrer Meinung nach der Grund für die Operation oder sogar der ganzen Krankheit ist. Solch eine gewagte Behauptung mag ich weder denken noch mir anhören.

Ingrid mag keine Vorsorgeuntersuchungen. Sie sagt: „Warum sollte ich mich schon vorher sorgen, wo es noch gar keine Sorgen und nicht einmal Schmerzen gibt?"

Ich halte sie für extrem leichtsinnig und sage ihr das.

„Je eher der Krebs erkannt wird, desto eher kann man ihn behandeln", kläre ich sie auf.

„Und wozu?"

Das ist wieder so eine dumme Frage.

„Damit man länger lebt natürlich!", fauche ich. Das ist doch eindeutig. Manchmal begreift Ingrid die einfachsten Dinge nicht.

„Oder damit man länger leidet", antwortet sie. Jetzt verschlägt mir dieser Unsinn die Sprache. Deshalb kann ich nicht länger mit ihr sprechen, verabschiede mich kurz und lege auf.

*****

Jutta ist eine Kämpferin. Das liegt an ihrem Hang zum Perfektionismus. Alles muss zu hundert Prozent stimmen, ansonsten hat es für sie keinen Wert. Ihr Haushalt muss perfekt funktionieren und in ihrer Arbeit lässt sie nicht den kleinsten Fehler durchgehen.

Eigentlich ist sie gelernte Kindererzieherin und arbeitete viele Jahre in einem Kindergarten. Als sie im Alter von vierzig Jahren zum zweiten Mal schwanger wurde, stellte man bei den Untersuchungen fest, dass das Kind Down-syndrom hat und riet ihr zum Abbruch. Sie wollte das Kind trotzdem, wollte es unbedingt. Ich konnte das gut verstehen, doch unsere Eltern, die damals noch beide lebten, erklärten sie für verrückt. Ingrid beschwor sie immer wieder, das Kind abzutreiben. Sie hatte gelesen, dass die meisten Down-Kinder ein krankes Herz haben oder eine Niere, die nicht funktioniert. Das bedeutet Operationen, Leid und Schmerzen für das Kind, was man leicht verhindern könnte, indem es gar nicht erst zur Welt kommt.

Das wusste ich nicht. Ich glaubte, dass es sich nur um eine geistige Behinderung handelt. Mein Verstand gab Ingrid Recht, mein Herz eher Jutta. Durfte man eine mögliche schwere Krankheit verhindern, indem man ein Leben noch vor dem Leben zu tötet?

Sebastian war damals sechzehn Jahre alt und tat so, als interessiere ihn die ganze Sache um das Ungeborene überhaupt nicht. Er sprach kaum noch und trieb sich abends und oft auch nachts bei Freunden herum. Jutta bekam ihn nur zu Gesicht, wenn er frische Wäsche oder etwas zu essen brauchte. Sie kam einfach nicht an ihn heran und machte sich große Sorgen.

Doch am schlimmsten setzte ihr Peter zu. Er wollte dieses Kind nicht und drohte sogar mit Scheidung.

Jutta ließ sich nicht beirren. Sie bekam den kleinen Filip, der trotz seiner Beschwerden von Anfang an ein sonniges Gemüt hatte und inzwischen von der ganzen Familie geliebt wird.

Jutta begann während der Elternzeit, Sozial-pädagogik mit Schwerpunkt Behinderung zu studieren. Sie träumte davon, eine Kinderein-richtung zu leiten, in der alle Kinder mit und ohne Behinderung miteinander spielen, auf-wachsen und erzogen werden können. Deshalb setzte sie sich sehr dafür ein, dass Filip nach dem Kindergarten eine ganz normale Grund-schule besuchen durfte. Doch da er zum Lernen und Verstehen mehr Zeit brauchte als die anderen Kinder seiner Klasse, meldete sie ihn schließlich in einer Förderschule an, die mehr auf seine Behinderung eingehen konnte. Dort fühlte sich Filip nicht mehr als der Schwächste der Klasse und war zufrieden, Jutta nicht. Sie glaubte ihn ausgegrenzt.

Plötzlich hatte sie viel Zeit, da der Junge auch am Nachmittag in dieser Einrichtung betreut wurde. Kurzerhand belegte Jutta Kurse über Kurse, um Ergotherapeutin zu werden. Sie wollte nicht einfach nur behinderten Menschen helfen, sondern dies vor allem fachlich korrekt tun. Natürlich hat sie sämtliche Abschlüsse mit Auszeichnung bestanden, denn sie klemmt sich direkt übertrieben fleißig hinter jede Aufgabe.

Obwohl sie mittlerweile über fünfzig Jahre alt war, fand sie sehr schnell diese Stelle im Pflegeheim, wo sie seitdem arbeitet.

*****

Jutta und ich standen uns immer sehr nahe. Immer wieder sehe ich sie vor mir, wie sie mich überallhin mitschleppte, mich an- und auszog, mit allerlei Süßkram fütterte und immerzu beschützen wollte.

Ingrid dagegen zeigte wenig bis kein Interesse an ihren Schwestern und hielt sich am liebsten bewusst abseits von uns.

Deshalb gibt es kaum Fotos von uns drei Mädchen, sondern nur von Jutta und mir. Während mich Jutta im Arm hielt und übers ganze Gesicht strahlte, war Ingrid immer woanders oder saß ganz am Rand und schaute weg, als gehöre sie nicht zu uns. Mutter ärgerte sich anfangs sehr darüber, doch irgendwann gab sie auf und zwang Ingrid nicht mehr, sich mit uns fotografieren zu lassen.

Jutta und ich haben unsere große Schwester immer sehr bewundert, obwohl sie uns so konsequent ablehnte. Sie diskutierte nicht mit uns, sie stritt nicht mit uns und spielte nicht mit uns. Anfangs liefen wir ihr nach und versuchten herauszufinden, was sie machte und mit wem sie es machte. Doch es nützte nichts, sie ließ uns nie teilhaben. Deshalb ließen wir sie irgendwann einfach in Ruhe und kümmerten uns nicht mehr um sie.

Ich weiß nicht, ob sie uns nicht mochte oder nur nichts mit uns anzufangen wusste.

Deshalb fragte ich sie eines Tages: „Warum hast du nie mit uns gespielt?"

„Ach, ihr wart so klein", wich Ingrid aus.

„Und später?"

Schließlich waren wir nicht immer klein.

„Später?" Sie dachte kurz nach und sagte: „Ihr Beide habt euch nie klar ausgedrückt, immer drumherum geredet. Das mochte ich nicht. Es führt zu Missverständnissen, die man nur sehr schwer beseitigen kann."

Wollte sie, dass wir uns so unverblümt ausdrücken wie sie es tat? Dazu waren Jutta und ich zu vorsichtig. Wir wollten niemandem weh tun und behielten unsere Meinung lieber für uns, als jemanden zu verletzen. Und doch haben wir Ingrid damit verletzt.

Ingrid gibt nichts auf die Meinungen anderer Leute. Wenn sie von etwas überzeugt ist, geht sie keinen Kompromiss ein, selbst dann nicht, wenn sie sich dafür mit ihrem gesamten Umfeld überwerfen müsste. Damit muss ihr Umfeld zurecht kommen, sie selbst hat kein Problem damit.

„Hast du uns eigentlich geliebt?"

Das wollte ich sie schon seit Jahren fragen, weil sie uns immer aus dem Weg ging.

„Natürlich habe ich euch gern, schließlich seid ihr meine Schwestern." Sie lachte mich an. Dann zuckte sie mit der Schulter und ergänzte: „Ihr wart einfach da und habt wie die Eltern zur Familie gehört."

Das klingt kalt. Doch andererseits bedeutet es, dass wir ganz selbstverständlich zu ihr gehören und ihr wichtig sind.

Jeder muss mit sich selbst klar kommen – und zwar bis ans Ende seines Lebens. Das ist mir inzwischen klar geworden.

Unsere Mutter sagte immer: „Nichts und niemand ist so verschieden wie Geschwister."

Ich werde wohl immer meine Kinder und Enkel umsorgen, Ingrid alles in Ordnung bringen und Jutta jedermann unterstützen und helfen wollen.

Doch im Moment kann Jutta niemandem helfen. Sie braucht selbst Hilfe. Hilfe, die wir Schwestern ihr nicht geben können. Das kann nur ein Facharzt.

Wir müssen handeln

Früher glaubte ich, dass sich Ingrid nie für ihre zwei jüngeren Schwestern interessierte. Doch jetzt merke ich, wie nahe ihr Juttas Erkrankung geht. Sie liest jeden Tag Berichte im Internet über Tumore und Metastasen und telefoniert, um Näheres über Juttas Krankheit und mögliche Behandlungen herauszufinden.

Sobald sie etwas neues weiß, ruft sie mich sofort an. Auch heute Abend meldet sie sich.

„Meine Jungs haben Sebastian gefunden."

„Gefunden?", wundere ich mich. Er war doch nicht weg.

„Auf Facebook."

„Facebook?"

„Stell dich nicht so an! Das bekannte soziale Netzwerk, wo eben jeder drin ist."

„Ich nicht", stelle ich klar.

„Ich auch nicht, doch meine Jungs. Und sie fanden Sebastian und schickten ihm eine PN."

„Eine was?"

„Eine PN. Das ist eine persönliche Nachricht, die nur er lesen kann."

Offenbar ist das so ähnlich wie bei einer Mail. Nun muss Sebastian sie nur noch lesen. In diesem Moment fällt mir siedend heiß ein, dass er vielleicht gar nicht daheim ist. Jutta sprach Weihnachten davon, dass er auf Mauritius sei. Hatte sie eine Zeit genannt? Ich kann mich nicht erinnern.

„Basti ist vielleicht auf Mauritius", erkläre ich.

„Zumindest war er um die Weihnachtszeit dort."

„Na und?", wirft Ingrid schnippisch ein. „Heutzutage gibt es überall auf der Welt Internet und Sebastian wird die Nachricht sicher lesen."

Ich seufze. „Dein Wort in Gottes Ohr."

„Du mit deinem blöden Gott-Gefasel!"

„Das ist doch nur so eine Redensart", versuche ich, Ingrid zu beruhigen.

„Man redet nicht einfach so daher. Man denkt erst nach, bevor man den Mund aufmacht."

Das sagt die Richtige! Ausgerechnet Ingrid, die kein Blatt vor den Mund nimmt und jedem ihre Weisheiten um die Ohren haut, rät mir so etwas. Doch ich sage nichts dazu, denn es bringt nichts, nur Streit. Und im Moment können wir alles andere als einen Streit zwischen uns brauchen. Wir müssen überlegen, was wir tun können, um unserer kranken Schwester beizustehen.

*****

Eine Woche später erzählt mir Ingrid, dass sich Sebastian gemeldet hat. Er ist tatsächlich noch immer in Fernost unterwegs und wusste nichts von der Krankheit seiner Mutter. Inzwischen hat er seinen Vater angerufen und von den vielen Metastasen erfahren.

„Wieso informiert Peter nicht einmal Sebastian? Das gehört sich nicht!", wettert Ingrid.

Ich vermute, Peter konnte seinen Sohn nicht

erreichen, weil er sich am anderen Ende der Welt aufhält. Ich sage ihr das und ergänze: „Vielleicht wollte er ihn nicht beunruhigen."

„Nicht beunruhigen", äfft sie mich nach. „Die Wahrheit kann jeder verkraften."

Verkraften vielleicht, doch manchmal ist eine Lüge freundlicher. So wie Ingrid jedem ihre Wahrheiten um die Ohren haut, will das kein Mensch hören.

Außerdem ändert sich nichts an Juttas Gesundheitszustand, wenn ihr Sohn sich Sorgen macht.

„Stell dir vor, Peters Mutter ist im Pflegeheim. Auf einmal geht das, wenn er sich selbst um sie kümmern muss", sagt Ingrid empört.

So eine häusliche Pflege macht viel Arbeit, das ist mir klar. Für Jutta wäre manches leichter gewesen ohne diese Verpflichtung. Doch das müssen die beiden selbst wissen. Da hat sich keiner einzumischen, auch nicht Ingrid.

„Du nimmst in der nächsten Woche Urlaub und wir fahren zusammen zu Jutta!", bestimmt sie.

„Sebastian hat mir gesagt, in welchem Krankenhaus sie liegt."

Das ist wieder einmal typisch Ingrid. Sie hat eine Idee und will sie jedem aufdrücken statt mich erst einmal zu fragen, ob ich überhaupt frei nehmen kann. Doch es sind Ferien, ich habe also keinen Unterricht.

„Ich habe bereits frei."

„Umso besser."

„Ich kann trotzdem nicht mitfahren, weil die kleine Lisa bei mir ist."

„Wieso das denn?"

„Sabine fährt mit ihren Freundinnen weg." Schließlich ist Fasching und meine Tochter will sich mit ihren Freundinnen amüsieren.

„Na und? Die Kleine ist tagsüber im Kindergarten und am Abend kann sich ihr Vater kümmern."

„Er hat selbst etwas vor", erkläre ich, obwohl ich das gar nicht weiß.

„Was soll das schon sein? Fußball oder Musik. Darauf muss er eben mal verzichten. Das kann doch kein Problem sein. Außerdem arbeitet er daheim an seinem Computer und kann sich seine Zeit frei einteilen."

„Davon verstehst du nichts", weise ich Ingrid zurecht.

Das stimmt, denn von Computern und Programmen hat sie ebenso wenig Ahnung wie ich. Außerdem ist es ungehörig, sich so abfällig über Lisas Vater zu äußern, den sie ohnehin kaum kennt.

„Ich habe bereits ein süßes Katzenkostüm für die Kleine gekauft. Sie freut sich auf das Fest."

Eigentlich bin ich Ingrid keine Rechenschaft schuldig. Ich habe meiner Tochter versprochen, mich um Lisa zu kümmern. Also werde ich das auch tun.

„Erkläre Sabine, worum es geht. Sie wird es verstehen und einen Weg finden."

Nein, ich werde Sabine ganz sicher nichts von Juttas Krankheit erzählen. Sie macht sich nur unnötig Sorgen. Ich will sie nicht belasten mit meinen Problemen. Außerdem spricht man nicht über Krankheiten, das verschlimmert sie nur. Man sollte nicht einmal daran denken.

Mich ärgert, dass Ingrid für meine Tochter kein Verständnis aufbringt. Ich habe sowieso den Eindruck, dass sie Sabine nicht leiden kann. Immer hat sie an ihr und ihrem Freund etwas auszusetzen.

„Was ist dir wichtiger?", faucht Ingrid. „Deine verwöhnte Tochter oder deine schwerkranke Schwester?"

Natürlich steht meine Tochter an erster Stelle. Das ist gar keine Frage. Sabine ist nicht verwöhnt. Und wenn schon! Ich würde sie gern viel mehr unterstützen, wenn ich wie Ingrid Rentner wäre.

„Dann fahre ich eben allein", beschließt Ingrid und verabschiedet sich kurz.

*****

„Komme zurück. Darf nicht rein."

Diese Worte zeigt mein Handy an, Ingrid als Absender.

Mit derartigen Halbsätzen kann ich nichts anfangen. Kann sie sich nicht konkreter ausdrücken? Trotzdem lässt mir die Nachricht keine Ruhe. Ich wähle ihre Nummer und frage: „Wo bist du?"

„Auf einem Parkplatz irgendwo in der Pampa, Bayreuth glaube ich."

„Wer ist das, Oma?", will Lisa wissen.

„Es ist Tante Ingrid. Bitte gehe wieder ins Bett! Ich möchte jetzt in Ruhe telefonieren."

Ohne zu murren tappt Lisa wieder nach oben in ihr Zimmer und ruft: „Aber lass die Tür auf!"

„Was machst du in Bayreuth?", frage ich Ingrid.

Ich höre, wie sie schnauft. Offenbar habe ich wieder einmal etwas ganz Dummes gesagt. Ich ärgere mich, sie überhaupt angerufen zu haben.

„Ich wollte zu Jutta. Schon vergessen?"

Natürlich habe ich das nicht vergessen.

„Ich bin auf der Rückfahrt von München."

Von München also, dann war sie bei Jutta. Doch sie schrieb: Darf nicht rein.

„Wo darfst du nicht rein?", frage ich.

„Ins Krankenhaus! Man hat mich nicht zu Jutta gelassen."

„Wieso? Geht es ihr so schlecht."

„Das weiß ich nicht", sagt Ingrid und ich höre, dass sie weint.

Ich habe Ingrid noch niemals weinen sehen und bin sehr bestürzt.

„Es gibt so eine seltsame Verfügung, die niemandem erlaubt, Jutta zu besuchen."

Das verstehe ich nicht. Nur bei Lebensgefahr oder ansteckenden Krankheiten darf man nicht zum Patienten.

„Was ist das für eine Verfügung?", frage ich.

„Sie stammt von Peter. Er will vermutlich seine Frau schützen."

„Wovor denn schützen?"

„Na, vor uns! Verstehst du das nicht?"

„Nein, das verstehe ich nicht", sage ich und schüttle meinen Kopf.

„Er hat sich furchtbar geärgert, weil ich mit Sebastian gesprochen habe. Er will das nicht."

„Wieso will er nicht, dass du mit Basti sprichst?"

„Er ist sauer, weil ich Sebastian bat, sich bei seinem Vater nach Jutta zu erkundigen."

„Aber warum?"

„Naja, Sebastian wird seinem Vater heftige Vorwürfe gemacht haben, weil er ihm nichts von der schweren Krankheit erzählt hat. Anders kann ich es mir nicht erklären."

Ich begreife nicht, warum Peter verhindern will, dass Ingrid ihre kranke Schwester besucht. Deshalb wiederhole ich meine Frage: „Warum?"

„Er glaubt, dass ich ihr schade."

„Das hat er zu dir gesagt?", frage ich fassungslos.

„Nein, nicht zu mir, zu den Ärzten. Sie haben mir erklärt, dass der Ehemann die alleinige Vorsorgevollmacht besitzt und sie mir keine Auskunft geben dürfen."

„Du weißt also nicht, wie es ihr geht?"

Ingrid antwortet nicht. Ich höre, dass sie noch immer weint. Normalerweise lässt sie sich nicht einfach wegschicken, sondern findet immer eine Lösung.

Sie scheint meine Gedanken zu spüren, denn sie sagt: „Was sollte ich denn machen? Fäuste schwingend durch die Gänge rennen oder den Arzt bedrohen?"

Ich hätte vermutlich so oder ähnlich reagiert, obwohl ich mich nicht gern mit Leuten anlege. Ingrid traue ich das schon eher zu.

„Hast du ihnen nicht gesagt, dass du extra fünfhundert Kilometer gefahren bist, um deine Schwester zu sehen?"

„Habe ich, doch das interessiert niemanden. Sie haben ihre Vorschriften."

Doch offenbar haben sie kein Herz. Mir tut Ingrid leid. Ich würde sie jetzt gern trösten und überlege, was ich sagen könnte. Doch mir fällt nichts passendes ein. Jedenfalls bin ich froh, nicht mitgefahren zu sein. Ich hätte mich nur unnötig aufgeregt.

„Was machen wir denn jetzt?", will ich wissen und hoffe, dass Ingrid Rat weiß.

„Ich informiere Sebastian. Er muss seinen Vater zur Vernunft bringen."

Das halte ich für eine gute Idee, denn es unsere einzige Möglichkeit, etwas über Jutta zu erfahren und sie sehen zu können. Doch ich bezweifle, dass es Sebastian gelingt, seinen Vater umzustimmen.

Ich habe kein gutes Gefühl, wenn ich an unsere kranke Schwester denke und laufe unruhig im Zimmer hin und her. Am liebsten würde ich jetzt einen Schnaps trinken, einen starken Obstler, doch mir fällt Lisa ein. Zuerst werde ich nach ihr schauen.

Leise schleiche ich die Treppe nach oben, denn falls sie bereits eingeschlafen ist, möchte ich sie nicht wecken. Doch Lisa liegt nicht in ihrem Bett. Ich schaue im Schlafzimmer nach, weil sie gern in mein Bett kriecht. Dort ist sie ebenfalls nicht.

Wo kann sie nur sein? Manchmal krabbelt sie in einen Schrank oder läuft einfach nach draußen. Doch ich weiß genau, dass ich die Haustür abgesperrt habe. Hektisch laufe ich durch die Zimmer und schaue in jeden Winkel, wo sie sich verkrochen haben könnte.

Die Badtür steht offen, drinnen brennt Licht. Dort hätte ich zuerst suchen sollen! Doch Lisa sitzt nicht auf der Toilette, sie liegt bäuchlings auf den Fliesen. Erschrocken kauere ich mich neben sie und lege ihr meine Hand auf den Rücken. Hoffentlich ist sie nicht gefallen und hat sich verletzt! Nein, dann würde sie weinen. Sie liegt ganz still, als wäre sie ohnmächtig geworden.

Leise rufe ich sie beim Namen. Lisa hebt ihren Kopf und lächelt mich an. Erleichtert packe ich sie bei den Schultern. Doch sie schüttelt meine Hand ab, hält ihren kleinen Finger an den Mund, sagt: „Psst!" und zeigt sie in die Ecke. Zuerst sehe ich nichts, dann entdecke ich eine Spinne, die ihr Netz in diese Ecke webt. Lisa schaut fasziniert zu, auch ich bin sofort beeindruckt. Die Spinne ist recht groß und leuchtet rötlich-gelb im Schein der Lampe. Ihr Netz spannt sich mehr als zwanzig oder sogar dreißig Zentimeter quer durch die Luft. Mit den Hinterbeinen geht das Insekt in gleichmäßig schnellem Tempo einen Schritt nach links und zieht mit dem zweiten Hinterbein einen Faden nach sich, der sich an die bereits vorhandenen Fäden fügt.

„Wie macht denn die Spinne den Anfang? Das habe ich nicht gesehen. Zuerst schwebte sie in der Luft. Können Spinnen fliegen?"

Schnell unterbreche ich, damit Lisa nicht noch mehr Fragen einfallen.

„Nein, fliegen können Spinnen nicht. Die Fäden sind so dünn, dass man sie manchmal gar nicht sieht. Daran ist sie bestimmt nach oben und unten geklettert."

Lisa schüttelt den Kopf.

„Aber wo ist denn der Faden festgemacht? Auf der Fliese ist doch gar kein Haken?"

„Ich vermute, dass der Faden klebrig ist und wie mit Leim an der Fliese hält."

„Lustig." Das Mädchen lacht und klatscht in die Hände.

„Jetzt aber ab ins Bett!", sage ich streng. „Du bist schon ganz kalt."

„Kommst du mit, Omi, und erzählst mir eine Geschichte?"

„Ja, meine Süße, ich erzähle dir eine Geschichte."

Ich gebe meiner Enkelin einen leichten Klaps auf den Po.

Sofort springt Lisa auf und hüpft in ihr Bett. Ich decke sie zu und erfinde eine Geschichte - natürlich von einer Spinne.

*****

Zwei ewig lange Wochen höre ich gar nichts mehr von meiner kranken Schwester. Auch

Ingrid hat weder von Peter noch von Sebastian eine Nachricht. Mehrmals versuchte ich, mit Peter zu sprechen, doch sobald er meine Stimme hörte, legte er auf. Oder es meldete sich nur der Anrufbeantworter.

Sicher ist Peter völlig verzweifelt. Wie sollte er es auch nicht sein, wenn seine Frau so schlimm krank ist. Trotzdem sollte er seine Schwägerinnen informieren, mit ihnen reden. Mit wem kann er überhaupt reden? Soweit ich weiß, hat allein Jutta sämtliche Kontakte zu Freunden und Verwandten gepflegt. Peters Vater ist vor vielen Jahren verstorben, die Mutter im Pflegeheim, Geschwister hat er keine. Er ist allein. Er tut mir leid.

Doch weit mehr als um ihn sorge ich mich um Jutta. Manchmal rede ich mir ein, sie sei längst gesund, obwohl ich weiß, dass dies nicht möglich sein kann. Dann wieder sehe ich sie sterbend in ihrem Krankenbett. In solchen Momenten ergreift mich Panik und ich rufe in meiner Not Ingrid an. Leider geht es ihr nicht besser als mir und wir finden keine Worte, uns gegenseitig zu trösten.

Ob Sebastian noch immer in Fernost zu tun hat? Inzwischen habe ich seine Handynummer und frage aller drei Tage per WhatsApp, ob es Neuigkeiten gibt. Eine Antwort bekam ich bisher nicht. Zwei Mal schickte er eine Aufnahme vom

Strand. Das blaue Meer, der Sandstrand und die Palmen sehen zwar wunderschön aus, doch anfangen kann ich damit nichts. Mich interessiert das Meer nicht. Mich interessiert, wie es Jutta geht und ob ich endlich helfen kann.

Es macht mich verrückt, so vollkommen ohne jede Nachricht zu sein. Ich fühle mich schrecklich hilflos und wähle jeden Tag Juttas Handynummer. Doch niemals hebt sie ab. Und niemals reagiert sie auf meine vielen Nachrichten. Möglicherweise darf sie ihr Handy gar nicht benutzen, denn oft sind Handys in Krankenhäusern verboten. Trotzdem versuche ich es weiter, denn eine andere Möglichkeit habe ich nicht.

Auch heute wähle ich ihre Nummer und plötzlich meldet sie sich. Völlig außer mir vor Freude schreie ich in den Hörer: „Jutta! Meine Liebe! Wie geht es dir?"

„Wie soll es mir schon gehen?"

„Hast du Schmerzen?"

Sie antwortet nicht gleich, dann sagt sie langsam: „Eigentlich nicht."

Erleichtert seufze ich.

„Wie lautet die genaue Diagnose?"

„Krebs."

Das weiß ich. Doch ich weiß nicht, wo genau

der Krebs sitzt. Ich wage nicht, direkt danach zu fragen, denn offenbar mag sie nicht darüber sprechen. Ich merke auch so, dass es ihr schlecht geht.

„Bist du daheim?"

„Ja."

Sofort bin ich erleichtert, denn das kann nur bedeuten, dass sie endlich auf dem Weg der Besserung ist. Ansonsten hätte man sie nicht aus dem Krankenhaus entlassen.

Nach einer recht langen Pause sagt sie leise: „Morgen beginnt die zweite Chemo. Bestrahlungen sind erst einmal keine mehr."

„Zweite Chemo?"

Ich begreife das nicht und muss mich erst einmal setzen.

„Wieso denn zweite?", hake ich nach.

„Die erste habe ich hinter mir, später folgt nach einer Pause noch eine dritte."

Du lieber Himmel! Ich weiß aus Büchern und Filmen, dass es den Patienten während solch einer Behandlung meist sehr schlecht geht. Andererseits klingt das nach einem ganz konkreten Plan, einer, der direkt auf Juttas Krankheit abgestimmt ist.

„Ich weiß, dass das alles notwendig ist", flüstert sie.

Offenbar wurde sie umfangreich beraten und weiß nun, dass die Chemo sie heilen wird. Das beruhigt mich.

„Ich bin nur froh, dass es erst einmal keine Bestrahlungen mehr geben wird, die sind wirklich schlimm."

„Tut das weh?"

„Das nicht, ich habe nur furchtbare Angst dabei. Man setzt mir so eine Maske auf den Kopf. Ich denke immer, ich muss ersticken."

„Aber nein!"

„Ich weiß, doch es ist für mich so schlimm, dass ich es nicht ertrage. Ich bin so froh, dass es keine Bestrahlung mehr gibt." Leise ergänzt sie: „Zumindest vorerst nicht."

Ich weiß nicht, was ich darauf sagen soll, doch ich bin ebenfalls froh.

Als Kind ertrug Jutta keine Dunkelheit und konnte sich nie in einem Schrank oder einer Truhe verstecken. Wenn jemand versehentlich eine Tür hinter ihr zusperrte, schrie sie entsetzlich in ihrer Angst. Ich musste ihr damals versprechen, immer in ihrer Nähe zu bleiben, damit ich sie retten kann.

Auch jetzt möchte ich sie gern retten und frage: „Was kann ich für dich tun?"

„Nichts. Nichts kannst du tun."

„Und Peter?"

„Er hilft mir, doch wir streiten immer."

„Aber worüber denn?"

„Über die Chemo. Ich soll mich nicht so

anstellen."

Nicht so anstellen. Was meint er nur damit? Doch bevor ich nachfragen kann, spricht Jutta weiter.

„Sie können erst operieren, wenn der Tumor kleiner geworden ist."

Das hört sich logisch an. Die Chemotherapie verkleinert den Tumor, der daraufhin entfernt wird. Dann steht Juttas Genesung nichts mehr im Wege. Ich seufze erleichtert.

„Naja, es ist halt so", sagt sie leise und es klingt ziemlich resigniert.

Offenbar fühlt Jutta noch keine Besserung. Bei solch einer schweren Erkrankung wird die Heilung wohl noch viel Zeit brauchen.

„Alles wird gut", verspreche ich. „Soll ich kommen und dir beistehen?"

„Nein, das ist nicht nötig."

Im gleichen Moment ist die Verbindung weg. Ich wähle erneut, doch ich höre nur die Ansage: „Ihr Gesprächspartner ist im Moment nicht erreichbar."

Sofort rufe ich Ingrid an und erzähle ihr, dass es für Jutta vorerst keine weitere Bestrahlung gibt und morgen der zweite Chemozyklus beginnt.

„Wieso das denn?", schreit Ingrid ins Telefon.

„Sie können den Tumor erst entfernen, wenn er

kleiner geworden ist", wiederhole ich Juttas Worte.

„Bei Metastasen im Körper ist eine Chemotherapie völlig zwecklos. Hast du das nicht selbst im Internet recherchiert?"

Das stimmt. Doch ich vertraue eher den Ärzten als dem Unsinn, der im Internet steht. Man findet auf jede Frage eine Antwort, manchmal sogar welche, die sich widersprechen und gegenseitig ausschließen. Jutta ist in den Händen von Fachärzten, die ihre Arbeit mit Sicherheit verstehen.

„Es gibt keine Heilung! Kapierst du das nicht?"

Ich ärgere mich, Ingrid angerufen zu haben. Sie schreit mich an und weiß alles besser als die Ärzte.

„Und was glaubst du, warum sie dann eine Chemo machen?", frage ich.

„Weil es Geld bringt. Deshalb."

Also jetzt bin ich empört. Wie kann Ingrid derartigen Unsinn erzählen? Es geht um die Gesundheit eines Menschen. Dafür wird alles getan, auch wenn es der Krankenkasse viel Geld kostet.

„Unsere Schwester muss unnötig leiden. Und das ohne jede Aussicht auf Besserung oder gar Heilung. Besser wäre es, sie sofort aus dem Krankenhaus herauszuholen."

Jutta ist daheim, doch ich komme nicht dazu,

es Ingrid zu sagen, weil sie ohne Atem zu holen völlig außer sich auf mich einschimpft.

„Sie sollte nach Hause oder in ein Hospiz, wo man sie professionell umsorgt."

Hospiz? Das ist ein Sterbehaus. Ingrid muss komplett verrückt sein, wenn sie glaubt, dass Jutta stirbt. Jedenfalls nicht jetzt. Nicht so schnell.

Am Abend bete ich sehr intensiv, dass die Chemo Jutta gesund machen wird.

*****

Eine Woche darauf erreicht mich eine SMS von Sebastian: „Mama geht es schlecht. Sie kann nicht mehr aufstehen." Es folgt die genaue Adresse einer Klinik in München.

Ingrid erhielt die gleiche Nachricht. Wir diskutieren nicht lange, setzen uns sofort ins Auto und fahren los. Zum Glück ist Samstag, so dass ich ohne Probleme auch morgen in München bleiben kann.

Es ist nicht die Klinik, in der Ingrid vor drei Wochen versuchte, Jutta zu sehen und mit einem Arzt zu sprechen. Wir wissen leider nicht, ob diese andere Klinik ein gutes oder eher schlechtes Zeichen ist. Vermutlich eher ein schlechtes, weil Sebastian schreibt, dass es seiner Mutter schlecht geht.

Unterwegs sprechen wir kaum. Ich bin heilfroh, dass Ingrid am Steuer sitzt, denn ich zittere derart, dass ich zum Fahren keinesfalls in der Lage wäre.

Ingrid fährt zwar schnell, doch wirkt sie ruhig und gibt mir ein sicheres Gefühl. Manchmal ärgert mich ihre unerschütterliche Ruhe, meistens sogar. Wie kann sie so gefasst bleiben, obwohl es unserer Schwester so schlecht geht?

„Das kann ich dir sagen", erklärt Ingrid gelassen. „Es bringt nichts, sich über Dinge aufzuregen, die man nicht ändern kann."

Ich weiß auch, dass ich nichts ändern kann. Trotzdem rege ich mich auf. Das ist doch völlig normal.

„Krankheiten befallen uns nicht aus heiterem Himmel. Sie entwickeln sich aus falschem Verhalten, sozusagen aus unseren Sünden."

Das Wort Sünden sagt sie nur, um mich zu ärgern, das weiß ich genau. Sie explodiert jedes Mal, wenn ich ihrer Meinung nach ein Kirchenwort benutze wie Herr, Himmel, Gott oder Sünde, obwohl ich nicht von der Kirche spreche, sondern diese Worte für ganz andere Dinge benutze.

„Was?", frage ich entsetzt.

„Sünden. Das Wort magst du doch. Ich rede

davon, wenn man nicht achtsam mit sich umgeht."

„Willst du damit sagen, Jutta ist selbst schuld an ihrer schweren Krankheit?"

„In etwa schon. Das wusste bereits Hippokrates 460 v.u.Z."

„Du musst verrückt sein!"

Kein Mensch verursacht seine Krankheit selbst, maximal einen Unfall, wenn er leichtsinnig war, klettert oder mit dem Fallschirm abspringt.

„Krebs entsteht nicht von allein im Körper, man verursacht ihn selbst."

„Hör auf mit diesem Unsinn!", bitte ich. „Sonst steige ich aus."

„Bitte! Tu dir keinen Zwang an!"

Mich packt derart der Zorn auf Ingrid, dass ich mich kaum beherrschen kann. Am liebsten würde ich tatsächlich sofort aussteigen, doch das geht natürlich nicht. Was soll ich hier auf der Autobahn in der Fremde? Und wie käme ich zurück nach Hause? Also schweige ich einfach und Ingrid spricht weiter.

„Jutta hat nie über ihre Sorgen gesprochen, uns immer heile Welt vorgespielt. Meinst du, ich hätte das nicht gemerkt?"

Wieso denn heile Welt? Wir kennen doch ihre Sorgen mit der pflegebedürftigen Schwiegermutter, ihrem behinderten Filip, dem kranken und etwas seltsamen Ehemann und der

Anspannung auf Arbeit. Also ich möchte nicht in einem Pflegeheim arbeiten, das wäre mir zu anstrengend.

„Jutta ist stark. Sie ist schon immer stark gewesen. Und sie hat sich immer wohl gefühlt. Sie hilft halt gern", erkläre ich.

Ingrid pustet Luft zwischen den Zähnen hindurch, es zischt dabei seltsam.

„Mag sein, dass sie stark ist, doch irgendwann ist es eben zu viel."

„Ach, und davon bekommt man Krebs? Du irrst dich!"

Mich regt das alles auf. Wie kann Ingrid nur so reden wie sie redet? Sie ist ganz anders als ich, auch anders als Jutta. Im Moment ärgere ich mich, mit ihr mitgefahren zu sein. Es gibt nur Streit. Ich mag keinen Streit. Ich kann gar nicht umgehen damit und bekomme sofort Kopfschmerzen.

*****

Wo Ingrid zu wenig Verständnis aufbringt, hat Jutta zu viel. Sie versteht sogar Ingrid, was mir nie gelingt. Mich hat es immer geärgert, dass unsere Eltern Ingrid bevorzugten. Sie war eben die Erstgeborene, für die sie alles taten. Bei Jutta und mir gab es alles schon: das erste Laufen, die ersten Worte, Zahnwechsel, Schulanfang, den ersten Liebeskummer.

Jutta ärgerte sich nicht. Sie hatte Verständnis. Immer. Für jeden. Sie respektierte Peters Wunsch, für zwei Jahre nach Australien zu gehen, während sie allein mit dem kranken Filip daheim blieb und zusätzlich ihr Studium bewältigte. Mit erst sechzehn Jahren wollte Sebastian unbedingt ein Schuljahr in Amerika verbringen, doch Peter meinte, dafür sei ihm sein Geld zu schade. Jutta setzte trotzdem durch, dass Sebastian nach Seattle fliegen durfte. Einige Jahre später unterbrach er sein Studium, hielt sich ein Jahr in Frankreich auf und begann anschließend ein neues, das er ebenfalls nicht beendete. Jutta erklärte, er sei schließlich erwachsen und wisse, was wichtig für ihn sei. Und sie ist nicht sauer darüber, dass er nun so weit von ihr entfernt lebt.

Ihr übermäßiges Verständnis geht mir wirklich auf die Nerven. Doch Jutta meint, ihr falle es leicht, die Menschen zu verstehen, denn jeder habe seinen Grund, warum er etwas tut oder es eben nicht tut. Ein Urteil darüber stehe ihr nicht zu. Sie nimmt die Menschen so wie sie sind. Ich dagegen erwarte immer etwas von ihnen und habe nicht für alles und jeden Verständnis.

*****

Was erwartet uns in der Klinik? Ich habe immer ein ungutes Gefühl, wenn ich Krankenbesuche mache, machen muss. Eigentlich sind sie mir direkt ein Gräuel.

Unsere Mutter lag vor ihrem Tod lange im Krankenhaus. Ingrid und ich besuchten sie abwechselnd, Jutta wohnte zu weit weg. Mutter war damals gestürzt und hatte sich dabei den Oberschenkel und zwei Rippen gebrochen. Ingrid diskutierte jedes Mal, wenn sie Mutter im Krankenhaus besuchte, lange mit den Ärzten. Mir war das gar nicht recht, denn was gibt es zu fragen und zu diskutieren? Ich habe damals nur Mutter gefragt, doch die klagte nie über Schmerzen. Deshalb merkte ich erst spät, wie schlecht es ihr ging, als sie auf einmal stark abmagerte. Als ich eines Nachmittags kam, war Mutters Bett leer. Eine Schwester sagte mir, dass sie wegen der Sommerhitze nur noch eine halbe Stunde aufgebahrt sein dürfe, dann müsse sie ins Kühlhaus.

Kühlhaus. Wie ein Stück Vieh. Ich war nicht in der Lage, mir Mutter noch einmal anzusehen und bin einfach gegangen. Ich habe überhaupt noch nie einen Toten gesehen und möchte das auch künftig nicht. Und ich möchte niemanden im Krankenhaus besuche. Für Jutta werde ich mich zusammennehmen. Es ist wichtig, dass wir sie besuchen.

Plötzlich packt mich die Angst, dass Jutta ebenso wie Mutter sterben muss. Mutter war damals 79 Jahre alt, als sie starb, Jutta ist noch nicht einmal 63. Das ist kein Alter zum Sterben. Gibt es ein Alter zum Sterben? Ich glaube, ab dem 74. Lebensjahr muss man immer damit rechnen, dass das Leben plötzlich vorbei ist.

Bei Jutta rechne ich noch nicht damit. Auch jetzt nicht, wo sie plötzlich so schwerkrank ist und Metastasen im Körper hat. Sie war immer gesund und voller Energie.

„Gibt es eigentlich diese Verfügung noch, mit der uns Peter verbietet, unsere Schwester zu sehen?", frage ich.

Dann wäre die weite Fahrt nach München vergebens. Diese Frage hätte mir eher einfallen müssen, denn wir sind in spätestens einer Stunde da.

Ingrid lacht wieder ihr Lachen, das ich nicht leiden kann und antwortet: „Nein. Ich habe sicherheitshalber im Krankenhaus angerufen."

„Dann hat Peter eingesehen, dass er uns den Besuch bei Jutta gar nicht verbieten darf?"

„Das nun auch wieder nicht."

Und schon lacht sie wieder so unangenehm.

„Ich habe den Arzt gefragt, ob Jutta von diesem Besuchsverbot weiß. Das wusste er nicht. Also bat ich ihn, sie direkt zu fragen, ob sie den Besuch ihrer Schwestern wünscht. Denn so lange sie selbst ihren Willen äußern kann, wäre dieser für die Ärzte bindend."

Das heißt also, Jutta möchte uns sehen. Das stimmt mich gleich zufrieden.

Ich schaue aus dem Fenster. Alles sieht grau, nass und kalt aus. Ich hasse den Winter. Ingrid mag ihn natürlich. Sie würde sich sogar über Schnee freuen. Jutta dagegen findet wie ich die dunkle Jahreszeit einfach nur trostlos. Das wird sie jetzt noch mehr niederdrücken.

In der Strahlenklinik

Vor dem großen Gebäude stehen viele Leute. Ingrid bahnt sich zielsicher einen Weg zwischen den vielen Menschen hindurch, die den gesamten Eingangsbereich ausfüllen, während ich noch draußen etwas unsicher umherschaue.

Viele der Leute um mich herum tragen einen Verband am Kopf, Arm oder Bein. Sie werden frieren, weil die Mäntel nur lose über den Schultern hängen und die meisten nur Pantoffel an den Füßen tragen. Sie haben blasse, ernste Gesichter und tippen und wischen auf ihren Handys herum oder sprechen hinein. Jeder ist derart mit sich selbst beschäftigt, dass er mich nicht bemerkt. Ich möchte keinen beiseite schieben und gehe deshalb ganz außen um die Menschenmenge herum.

„Wo bleibst du denn?", zischt Ingrid ungeduldig und zieht mich zum Fahrstuhl, vorbei an weiteren Menschen, die Kaffeebecher aus Pappe in den Händen halten, und einem Stand mit kleinen Plüschfiguren. Wer braucht hier einen Teddy oder Spielzeughund? Kinder habe ich keine gesehen. Hoffentlich gibt es keine hier im Haus, das könnte ich nicht ertragen.
Wir gehen einen langen Gang entlang und suchen nach der Zimmernummer. Es riecht irgendwie muffig, überhaupt nicht scharf nach Medikamenten und Desinfektionsmitteln. Ich bleibe an einer offenen Tür stehen und schaue ins Zimmer. Dort stehen zwei große Tische und viele Stühle. Auf einem sitzt ein junger Mann. Sein Kopf liegt zwischen den Armen auf der Tischplatte, neben ihm sehe einen Metallstab auf Rädern, der mit einem Querbalken wie ein Galgen auf mich wirkt. Daran hängt eine Flasche, aus der Flüssigkeit über einen Schlauch in den Arm des Mannes tropft. Ich wende mich ab, ich mag keine Krankenhäuser.
Hier ist es still, totenstill, manchmal durch ein Klirren von Geschirr gestört.
Eine Schwester lächelt uns freundlich zu,

während sie vorüber eilt.

Ingrid ruft: „Bitte, können Sie uns helfen?"

Sie erklärt der Schwester kurz, zu wem wir wollen.

„Hier sind Sie falsch. Sie müssen diesen Gang dort nehmen. Sehen Sie?" Dabei zeigt sie in die andere Richtung. „Hinter der grünen Tür."

Die Tür öffnet sich automatisch. Der Gang dahinter ist lang, doch angenehm breit und neben jedem Raum steht gut sichtbar eine Nummer.

Ingrid bleibt vor einer Tür stehen.

„Hier ist es nicht", sage ich und zeige auf das Türschild, auf dem *Schwesternzimmer* steht.

„Ich weiß, doch ich will zuerst mit einem Arzt sprechen. Gehe du allein zu Jutta! Es ist besser so."

Die Tür zu Juttas Zimmer steht offen. Ich sehe drei Betten. Auf dem hinteren Bett direkt am Fenster sitzt Peter und füttert eine Frau. Ich kenne diese Frau nicht. Plötzlich ist mir klar, dass es Jutta sein muss. Sie hat keine Haare mehr, ein stark aufgeschwemmtes Gesicht, dünne Arme und Hände. Über den Beinen liegt eine leichte Decke. Ich kann diesen Anblick nicht verkraften. Es ist zu viel. Mir zittern die Knie und ich halte mich am Türrahmen fest. Ich weiß, dass Jutta schwer krank ist, doch ich war nicht darauf gefasst, sie so elend zu sehen.

„Hallo", grüße ich leise.

Peter dreht sich nicht um. Er füttert Jutta. Sie öffnet ihren Mund und konzentriert sich auf den Löffel, den ihr Peter hineinschiebt.

Ich gehe einige Schritte ins Zimmer hinein. Zwischen dem mittleren und Juttas Bett steht ein breiter fahrbarer Nachttisch. An ihm kann ich mich nicht vorbeischieben, um von dieser Seite aus meine Schwester begrüßen zu können. Auf der anderen Seite sitzt ihr Mann, den Jutta nicht aus den Augen lässt.

„Peter!", rufe ich etwas lauter. „Ich bin´s, Dagmar."

Auch jetzt dreht er sich nicht um, Jutta ebenfalls nicht. Haben mich die beiden noch immer nicht bemerkt? Also gehe ich um das Bett herum und strecke Peter meine Hand entgegen. Beharrlich bleibt er in seiner Haltung und faucht: „Nicht!"

Er hat mich also sehr wohl bemerkt, doch er will mich ganz offensichtlich nicht begrüßen. Irritiert trete ich einen Schritt zurück. Was kann ich denn jetzt machen? Wegschicken lasse ich mich jedenfalls nicht, wo ich nun einmal hier bin. Ich will mit Jutta sprechen. Doch zuerst muss ich etwas zu Peter sagen, irgendetwas, was ihn meine Gegenwart ertragen lässt.

„Sorge dich nicht, Ingrid und ich haben ein

Hotelzimmer. Sage mir einfach, was ich machen kann!"

Auch darauf reagiert er nicht. Zumindest weiß er jetzt, dass auch Ingrid hier ist und wir nicht in seinem Haus übernachten wollen.

Die Frau im Nachbarbett, die ich bisher kaum wahrgenommen habe, sagt: „Setzen Sie sich doch! Sie müssen nicht stehen. Dort ist ein Stuhl."

Ich kann mich jetzt nicht setzen, dazu bin ich viel zu aufgeregt. Ich stelle nur meine Tasche auf den Stuhl und weiß noch immer nicht, wie ich mich verhalten soll.

Zuerst einmal versuche ich, langsamer zu atmen und mich zu beruhigen. Dann beobachte ich Jutta, wie sie immer wieder ihren Mund weit aufreißt und auf den nächsten Löffel Brei wartet. Unwillkürlich muss ich an kleine Vögel denken, die in ihrem Nest sitzen und ihre Schnäbel aufsperren, damit Futter in sie hineingestopft wird.

„Ist das Ihre Mutter?", fragt die Frau.

„Nein, das ist meine Schwester", antworte ich verwundert und hoffe, dass Jutta diese Frage nicht verstanden hat. Es würde für sie sicher ein Schock sein zu hören, wie elend sie aussieht. Oder ist es ihr gleichgültig in ihrem Zustand? Mir ist es alles andere als gleich-gültig, sie so hilflos und hinfällig liegen zu sehen. Man kann ihr Alter wirklich nicht mehr schätzen. Sie sah eigentlich immer viel jünger aus als ich, obwohl ich die jüngste von uns drei Schwestern bin.

Dabei fällt mir ein, dass Jutta zu Peter nicht Peter sagt, sondern Vati. Er nennt sie im Gegenzug Mutter. Ich finde das schrecklich, weil nur die Kinder Mutter und Vati sagen sollten. Mein Mann rief mich zärtlich Daggi, was ich gern mochte.

Jutta erklärte mir damals, dass es Filip durcheinander bringt, wenn sie sich beim Vornamen nennen. Doch das glaube ich nicht, denn er sagt nicht Mutti und Vati, sondern Mama und Papa zu seinen Eltern, während Sebastian sie Vadder und Mutsch nennt.

Seltsamerweise spricht Jutta mit ihrem Mann genauso wie mit Filip – wie mit einem Kind, dem man sagen muss, was es tun darf und was nicht. Das hat mich von Anfang an gewundert und sogar geärgert, obwohl es mich nichts angeht.

Jetzt ist es umgekehrt: Peter bestimmt über Jutta.

Er füttert sie und sagt: „Jetzt gebe ich dir die blaue Tablette. Die musst du schlucken!"

Er schiebt ihr den Löffel in den Mund. Dann

kündigt er ihr nacheinander eine große, zwei kleine und schließlich die letzte Tablette an. Jutta schluckt alles widerstandslos hinunter. Jetzt reicht er ihr eine Schnabeltasse.

„Trink alles aus!"

Sie tut es, konzentriert sich vollkommen auf Peter und hat mich noch immer nicht angeschaut. Will sie mich nicht sehen? Oder kann sie mich nicht wahrnehmen?

„Dagmar ist da", verkündet er plötzlich, während sie kaut und schluckt und ihn fortwährend anschaut. „Freu´ dich!"

Er füttert sie weiter, bis der Teller komplett leer ist. Danach beugt er sich über sie und haucht ihr einen Kuss auf die Stirn.

„So! Ich gehe jetzt und komme morgen wieder."

Peter steht auf und macht Anstalten, mich beiseite zu schieben.

„Warte!", bitte ich ihn. „Kommst du immer um diese Zeit?"

Genervt schaut er zur Seite, antwortet allerdings nicht.

„Ich würde gern etwas helfen. Wann ist es für dich und Jutta am besten?"

Endlich schaut er mich an. Ich rechne schon damit, dass er mich wortlos wegschickt.

Doch er sagt ganz ruhig: „Du kannst sie mittags füttern, ich komme immer gegen Abend. Mittagessen gibt es um zwölf Uhr."

Energisch tritt er einen großen Schritt auf mich zu, so dass ich mich eilig gegen den Stuhl drücke, damit er vorbei kann.

Als Peter hinausgeht, stöhnt Jutta auf. Sicher vor Kummer. Sie vermisst ihn bereits, obwohl er kaum zur Tür hinaus ist. Andererseits könnte es auch ein Seufzer der Erleichterung sein, denn am Telefon sagte sie, dass es immer Streit gibt, wenn er sie im Krankenhaus besucht. Sie streiten über die Behandlung, denn Peter verlangt, dass sie sich wegen der Chemo-therapie nicht so anstellen soll.

Daheim stritten sie nie. Jedenfalls wirken beide auf mich immer sehr ruhig und ausgeglichen. Jutta macht, was zu machen ist und Peter gefällt und bewundert alles, was seine Frau tut. Er sieht ihr gern zu, mag ihre Art, sich zu bewegen und zu lachen. Sie ist für ihn auch mit über sechzig Jahren die schönste Frau, die es gibt. Das finden andere Männer auch, denn auch heute noch drehen sie sich nach ihr um, denn sie ist groß, blond und schlank mit auffallend großen blauen Augen.

Ich bin nicht so schön. Zwar ebenfalls blond, doch viel kleiner und eigentlich zu dick. Meine blauen Augen fallen weniger auf, weil ich aus irgendeinem Grund Schlupflider habe. Keiner sonst in meiner Familie hat Schlupflider.

Nun kann ich endlich Jutta begrüßen.

„Ich bin´s, die Dagmar", sage ich und ergreife ihre Hand.

Sie schaut mich ziemlich irritiert an und fängt plötzlich an zu weinen. Ich nehme sie schnell in meine Arme und wiege sie wie ein Kind hin und her. Dabei streiche ich ihre Schultern und flüstere: „Sch sch sch, nicht weinen, nicht weinen! Alles wird gut. Ich bleibe hier."

Doch Jutta weint weiter. Ich richte mich ein wenig auf und wische ihr mit einem Tuch die Tränen vom Gesicht. Dabei lächle ich sie an. Sie lächelt nicht zurück, sie schaut mich mit weit aufgerissenen Augen an. Ihre Augen wirken sonderbar leer, als ob sie gar nicht erkennt, was sie sieht. Und schon weint sie wieder.

Erkennt sie mich nicht? Ist ihr unangenehm, dass ich bei ihr sitze?

Endlich lächelt sie. Sie greift meine Hand und zieht sie an ihre Wange. Dabei reißt sie ihren Mund auf wie vorhin, als Peter sie fütterte. Das sieht seltsam aus und ich weiß nicht, was ich machen soll. Schließlich nehme ich ihr Gesicht zwischen meine beiden Hände und küsse es immer und immer wieder.

Noch mitten beim Kuss frage ich mich, ob sich Jutta diese Art Kuss hätte gefallen lassen, wenn sie es hätte verhindern können. Sie ist kein Schmuser und mag keine körperliche Nähe. Ein kurz gehauchter Kuss links und rechts der Wangen genügt ihr vollkommen. Dass ich mit meinen Händen ihr Gesicht umfasse und meinen Mund direkt auf ihre Wangen, ihre Augen, ihre Stirn drücke, gefällt ihr vermutlich nicht. Schnell richte ich mich auf. Mir ist es peinlich, ihr möglicherweise zu nahe getreten zu sein, ohne dass sie es möchte.

Ich sage wie zur Entschuldigung: „Ich liebe dich. Das weißt du, nicht wahr?"

Jutta nickt.

Ich merke, wie mir die Tränen in die Augen steigen. Doch ich will nicht weinen. Ich will sie trösten, ihr Mut zusprechen. Verzweifelt suche ich nach den richtigen Worten. Ich bin Lehrerin und rede den ganzen Tag. Und jetzt fällt mir kein einziger passender Satz ein.

Ich konzentriere mich auf ihre Augen, um nicht ständig ihren hilflosen Körper in seiner Windel und dem Urinbeutel am Bett sehen zu müssen. Ich will nichts sehen außer ihren Augen, die doch so leer durch mich hindurch starren.

In diesem Moment höre ich draußen einen lauten Tumult. Es klingt nach einem Streit und ich glaube, Peters wütende Stimme zu erkennen.

Das erschreckt mich. Doch ich widerstehe dem

Impuls, aufzuspringen und nachzuschauen, was gerade im Gang passiert. Ich bleibe bei Jutta sitzen und streichle ihre Arme. Sie sagt nichts und mir wird auf einmal klar, dass sie gar nicht reden, keine Worte formulieren kann. Doch ich gehe davon aus, dass sie wohl vieles versteht, wenn auch sicher nicht alles. Ihre Augen flackern unruhig hin und her, manchmal schließt sie sie, als wäre sie völlig erschöpft. Vielleicht hat sie das Essen so angestrengt. Oder möglicherweise mein Besuch. Das ist wohl alles zu viel für sie.

Wo Ingrid nur bleibt? Sie hat sich seit einer vollen Stunde nicht blicken lassen.

Endlich kommt sie ins Zimmer. Sie winkt mir kurz zu, legt sich einfach zu Jutta ins Bett und drückt mit der linken Hand Juttas Kopf an ihre Schulter. Jutta schläft sofort ein. Sie ist so schwach, dass bereits unser Besuch sie angestrengt und ermüdet hat. Oder es lag an einigen der vielen Tabletten, die Peter ihr vorhin einflößte.

„Gab es Ärger vorhin?", frage ich Ingrid leise.

Sie nickt.

„Peter hat die Ärztin angebrüllt, sie soll sich gefälligst an ihre Schweigepflicht halten. Er habe ihr nicht erlaubt, mit mir zu sprechen."

Fassungslos schaue ich sie an. „Aber ..."

Ingrid unterbricht mich. „Jutta muss ausdrücklich zustimmen, ob die Ärzte mit jemandem sprechen dürfen, der nicht in der Vorsorgevollmacht steht. Und in dieser Vollmacht steht allein Peter."

„Er ist nun mal ihr Ehemann", brumme ich.

„Stimmt. Mich wundert nur, dass sie ihn einsetzte, als sie ihre Diagnose bereits kannte."

„Wieso?", frage ich.

Vermutlich spielt sie auf Peters seltsames Verhalten uns gegenüber an, weil er nicht mit uns spricht. Doch vielleicht weiß Jutta davon gar nichts. Immerhin weiß sie, dass er seltsame Aussetzer hat und sich Dinge einbildet, die es gar nicht gibt.

„Ich glaube, Peter meint es gut", sage ich.

„Indem er verhindert, dass ihre Schwestern ihr beistehen?", ereifert sich Ingrid.

„Jetzt sind wir ja hier", versuche ich, sie zu beschwichtigen, „und dürfen sie wenigstens endlich sehen."

„Auch das hängt von Peter ab. Heute duldet er unseren Besuch, doch was ist morgen? Er hat sich furchtbar aufgeregt, als er mich im Gespräch mit der Ärztin sah. Er will das nicht."

„Aber warum?"

Wieder zuckt Ingrid mit der Schulter. „Das weiß er vielleicht selbst nicht so genau."

Sie macht mir ein Zeichen, dass wir Jutta lieber

114

schlafen lassen und nicht weiter stören. Wir küssen sie beide zum Abschied, sie öffnet nicht einmal die Augen und scheint tatsächlich fest zu schlafen.

Auf dem Gang stehen Stühle, auf die wir uns sofort fallen lassen. Ich fühle mich plötzlich so erschöpft. Und obendrein irgendwie schuldig, als würde ich meine kranke Schwester im Stich lassen. Dabei sind wir nur aus dem Zimmer gegangen und wollen morgen wiederkommen.

Ingrid schaut mich fest an und sagt: „Mir wäre eine Einigung mit der gesamten Familie wichtig, eine klare Absprache. Wir könnten uns wochenweise abwechseln, so wäre immer jemand bei Jutta. Sie wird wissen, dass es nicht gut um sie steht und Angst haben. Außerdem könnten wir uns gegenseitig stützen. Und uns um Filip kümmern, der mit der Situation sicher noch viel schlechter zurecht kommt als wir."

Das ist typisch Ingrid. Sie überlegt nicht lange, sondern hat sofort einen Plan, wie alles zu regeln wäre.

„Ich bin in Rente und würde die ganze Woche über bei ihr sein, du könntest die Wochenenden übernehmen."

Das sagt sie so leicht, doch ich habe gerade an den Wochenenden meine Verpflichtungen. Ich passe Sonntags auf Lisa auf, die oft bereits am

Samstag oder schon Freitag zu mir kommt und bei mir schläft. Ich kenne Ingrids Meinung dazu und sage deshalb erst einmal gar nichts.

Ich fühle mich für meine Kinder und Enkel verantwortlich. So gehört es sich, auch wenn Ingrid das anders sieht.

Jutta hat die Verantwortung für ihre Gesundheit in Peters Hände gelegt, falls sie nicht mehr selbst für sich sprechen kann. Sie hat das so geregelt, weil sie es so will und mit Sicherheit ihren guten Grund dafür hat. Wen hätte sie sonst nehmen können? Filip fällt aus, ebenso Sebastian, der ständig weltweit unterwegs ist. Somit blieben nur ihre Schwestern. Und uns vertraut sie offenbar nicht.

„Hoffentlich macht uns Peter keinen Strich durch die Rechnung. Er sieht uns hier nicht gern."

Warum diskutieren wir dann? Es bringt überhaupt nichts. Mir ist es bis hierher nach München ohnehin zu weit. Das sage ich Ingrid.

„Entfernung ist das geringste Hindernis, sich zu erreichen", poltert sie los.

Sich zu erreichen? Ingrid benutzt häufig Formulierungen, über die ich dann nachdenke und dabei den Faden verliere, kaum noch weiß, worüber wir sprachen.

Die Entfernung bringt allerdings auch höhere Kosten für Benzin und Hotel, von der Zeit ganz zu schweigen. Ich mag nicht Autobahn fahren, schon gar nicht so lange und erst recht nicht am Wochenende.

„Wir beide wohnen in der gleichen Stadt und sind uns trotz der Nähe alles andere als nahe."

Das stimmt. Doch es war immer Ingrid, die schon als Kind keine Nähe zu ihren Schwestern wollte. Auch das sage ich ihr.

„Nun halte mal den Ball flach!", fordert Ingrid. „Zu deinem 60. Geburtstag durften dir nur deine Kinder und Enkel gratulieren. Du wolltest keine große Feier mit deinen Schwestern und deren Familien, weil dir so viele Gäste die Zeit mit deinen Kindern stehlen."

„Stehlen habe ich bestimmt nicht gesagt."

„Möglich, doch auf jeden Fall gemeint."

Ich drehe mich zur Seite und mag Ingrid gar nicht mehr anschauen.

„Es war schließlich mein Geburtstag und den feiere ich mit wem ich will", brumme ich.

Jedenfalls war es ein schönes Fest, was sicher daran lag, dass Ingrid nicht dabei war. Sie hätte sowieso nur einen Streit provoziert, weil sie sich in alles einmischt, vor allem in Sabines Erziehungsmethoden, die sie überhaupt nichts angehen.

Möglicherweise hätte sie sich selbst gern in der Patientenverfügung stehen sehen. Für mich wäre das nichts. Solch eine riesige Verantwortung muss gut überlegt und vor allem in jedem Detail abgesprochen sein.

Jetzt ist wieder so ein Moment, in dem ich Ingrid überhaupt nicht ausstehen kann. Wenn ich nicht aufpasse, werde ich immer wütender und beschimpfe sie am Ende. Möglicherweise lässt sie mich dann einfach hier in München stehen und fährt allein nach Hause. Ich würde es jedenfalls so machen, falls sie mir auf die Nerven ginge und ich das Auto hätte.

Mir fällt ein, dass Ingrid noch gar nicht viel von ihrem Gespräch mit der Ärztin erzählt hat. Also bitte ich sie darum.

„Sie war ausgesprochen nett und an meiner Meinung interessiert."

„An *deiner* Meinung? Aber du bist doch kein Arzt!"

Ingrid lacht, was mich sofort wieder ärgert.

„Sie meint natürlich keine medizinische Fachmeinung. Sie will die Familie kennenlernen."

„Was hat denn die Familie mit der Krankheit zu tun?"

„Verstehst du nicht, wie wichtig die Familie ist? Ohne den Zusammenhalt in der Familie kann Jutta gar nicht gesund werden."

Das glaube ich nicht. Es wird für die Krankheit und deren Heilung keine Rolle spielen, ob wir Schwestern uns gut verstehen oder nicht.

„Ohne ärztliche Behandlung kann sie nicht gesund werden", korrigiere ich sofort Juttas Worte.

„Sie sagte, dass sie gern mehr Zeit für ihre Patienten und deren Familien hätte und nicht nur das rein Medizinische sieht", berichtet Ingrid begeistert.

„Aber sie ist Ärztin!", rufe ich aus. „Was will sie denn mit der Familie?"

Jutta ist krank und der Arzt soll sie heilen. Punkt. Dafür gibt es Medikamente und Operationen.

„Dem Menschen ist nur zu helfen, wenn man ihn ganzheitlich betrachtet."

Wieder so ein schlauer Satz von Ingrid, mit dem ich nichts anfangen kann. Jeder Arzt hat sein Fachgebiet. Ein Chirurg konzentriert sich auf das kaputte Knie und ein Onkologe befasst sich mit dem Krebs des Patienten. Ich finde das gut und richtig. Die Ärzte hätten viel zu tun, auch noch privat mit den Kranken und ihren Angehörigen zu reden.

„Die Frau stammt aus Lettland", erzählt Ingrid weiter.

„Eine Ausländerin?"

Dass viele Ärzte aus dem Ausland kommen, habe ich schon häufig gehört. Doch ich bin mir nicht sicher, ob deren Ausbildung in hiesige Krankenhäuser passt.

„Sie ist so jung und könnte meine Tochter sein."

Mir gefällt das nicht und ich sage: „Viel Erfahrung kann sie nicht haben."

Andererseits kennt sie möglicherweise die neuesten Methoden, Krebskranke zu heilen.

„Die Ärztin sagte, dass sie noch nie eine Patientin gehabt habe, die so viel weint."

„Auch bei mir hat Jutta geweint", bestätige ich.

„Deshalb fragte ich die Ärztin, ob ihr nicht klar ist, warum Jutta so viel weint. Es sei ein psychisches Problem. Na klar!" Ingrid breitet ihre Arme aus. „Was denn sonst?"

„Sicher hat sie Schmerzen", vermute ich.

„Schmerzen? Kreuzunglücklich wird sie sein."

Sicher wird sie sehr unglücklich über ihre Hilflosigkeit sein und dass sie nicht einmal sprechen kann.

„Weißt du, was mich besonders ärgert?"

Ich zucke mit der Schulter.

„Sie sagt, sie wären dankbar für jeden Tag."

Ich nicke, denn genau das ist wichtig.

Doch Ingrid spricht weiter: „Meinst du wirklich, dass auch Jutta dankbar ist für jeden Tag?"

Erschrocken schaue ich sie an. Natürlich wird sie dankbar sein. Weshalb auch nicht?

„Ich wäre es jedenfalls nicht. Wenn ich so schlimm krank wäre wie Jutta, würde ich in Ruhe sterben wollen und mich nicht mit völlig sinnlosen Chemo- und Strahlentherapien quälen lassen."

In Ruhe sterben wollen? Sinnlose Therapien? Was redet sie da?

„Aber man muss doch alles dafür tun, unsere Schwester zu heilen!", rufe ich aus.

„Alles? Wirklich alles? Und um jeden Preis? Ich habe die Ärztin gefragt, ob sie nicht sieht, dass Jutta überhaupt keine Lebensqualität mehr hat. Wenn Aussicht auf Heilung besteht, nimmt man Schmerzen eine Weile in Kauf. Doch über eine mögliche Heilung haben wir überhaupt nicht gesprochen."

„Nicht?"

Ingrid faltet ihre Hände, als würde sie beten. Am liebsten würde ich sie darauf aufmerksam machen, denn das tut sie bei mir auch immer. Doch ich sage lieber nichts.

„Sie geben Jutta, weil sie sie viel weint, starke Beruhigungsmittel, die ihr Hirn derart ver-nebeln, dass sie nicht einmal mehr sprechen kann." Jetzt klingt sie vollkommen verzweifelt.

„Aber das ist nur vorübergehend", versuche ich, Ingrid zu beruhigen.

„Wenn du nicht reden kannst, kannst du nicht sagen, was du willst und was nicht. Verstehst du nicht, in welch furchtbarer Situation Jutta ist?"

„Sie muss eben kämpfen", sage ich.

Für mich ist das völlig klar. Man muss die

Zähne zusammenbeißen, die Schmerzen ertragen und tapfer sein.

„Kämpfen?" Ingrid spuckt das Wort direkt verächtlich aus. „Wie soll sie denn kämpfen, wenn sie nichts sagen kann? Und überhaupt: gegen wen?"

„Gegen den Krebs natürlich."

Manchmal stellt Ingrid wirklich dämliche Fragen, als wäre sie ein bisschen blöde.

Ingrid lacht. Es ist wieder dieses Lachen, das ich an ihr überhaupt nicht mag. Sie lacht andauernd im falschen Moment. Sie ist wirklich blöde.

„Merkst du nicht, wie kindisch das klingt: gegen den Krebs kämpfen? Abgesehen davon, dass das glatter Unsinn ist, hat Jutta überhaupt keine Kraft für einen Kampf. Sie sollte eher ihre noch verbliebenen Kräfte schonen. Sie sollte lieber an etwas Schönes denken."

Wie soll ein schwerkranker Mensch an etwas Schönes denken können? Plötzlich fange ich an zu weinen und weine so heftig wie seit Jahren nicht mehr.

Ingrid schlingt ihre Arme um mich, doch ich mache mich steif. Ich will ihre Nähe nicht. Ich will, dass Jutta wieder gesund wird.

Wir verlassen das Gebäude und ich habe das Gefühl, gegen eine Wand zu laufen. Mir ist unerträglich heiß, ich spüre die kalte Winterluft gar nicht. Die Sonne scheint und tut so, als wäre es ein schöner Tag und alles in Ordnung. Nichts ist in Ordnung.

Ich möchte mir die Jacke vom Leib reißen, sonst ersticke ich.

„Was ist mit dir?", fragt Ingrid besorgt. „Du bist ganz rot im Gesicht."

„Ich kriege keine Luft", schluchze ich.

„Alles wird gut", verspricht sie.

Ich weiß, dass sie mich nur beruhigen will. Ich will mich nicht beruhigen. Ich will die Bilder von Jutta aus dem Kopf kriegen, wie sie weinend im Bett liegt. Ich will, dass ein Wunder geschieht und Jutta gesund wird.

*****

Wir bummeln durch die Stadt und betrachten die Schaufenster, aber wir betreten keinen Laden, wir wollen nichts kaufen.

„Sollen wir nicht etwas essen?", fragt Ingrid.

Ich nicke. Sie hat Recht. Wir haben den ganzen Tag noch nichts gegessen, überhaupt nicht daran gedacht. Im gleichen Augenblick merke ich, dass ich tatsächlich Hunger habe.

Keine zwei Häuser weiter entdecken wir einen Gasthof, ein Grieche.

„Mir ist deutsche Küche lieber", sagt Ingrid.

„Man sollte auf jeden Fall einheimische Lebens-
mittel bevorzugen."

Mag sein, doch ich habe keine Lust, nach
einem anderen Lokal zu suchen und gehe
einfach hinein. Ingrid murmelt etwas
undeutliches, doch sie folgt mir in einen
dunklen Gastraum mit ebenso dunklen Holz-
bänken.

Eine dicke Frau kommt freundlich winkend auf
uns zu.

„Wollt´s ihr was essen?"

Ich nicke und Ingrid bittet um die Speisekarte.
Sie bestellt Retsina für uns beide, ohne mich zu
fragen. Ich mag dieses harzig trockene Getränk
nicht und trinke ohnehin lieber Rotwein. Aber
ich sage nichts dazu. Es bringt nichts, mit Ingrid
zu streiten.

„Habe frische Mousakas im Ofen. Rezept aus
Heimat. Wollt´s ihr? Und Tzatziki. Selbst
gemacht. Alles."

Ein Mann vom Nebentisch nickt uns zu und ruft:
„Kann ich empfehlen, schmeckt köstlich."

„Gut, ich nehme das", bestimmt Ingrid.
Ich bestelle für mich eine Fischsuppe.

Dann sehe ich mich um. Das Lokal ist fast leer.
In der Ecke an einem großen Tisch sitzen
sechs Männer in der Uniform der Post. Sie
haben offenbar schon reichlich getrunken, denn
sie unterhalten sich übermäßig laut und lachen

viel. Auf der Bank neben uns unterhalten sich zwei Männer.

Mir tut der Kopf weh.

Die dicke Frau ruft von hinten: „Bin in Küche! Gehst du für Getränke? Gleich!"

Einer der Männer vom Nachbartisch steht auf, geht zu den Postlern und anschließend an den Tresen, um eine neue Runde Bier und Schnaps zu holen. Vor uns stellt er ebenfalls zwei Gläschen mit einer weißen Flüssigkeit.

„Raki", sagt er und setzt sich wieder an den Nachbartisch.

„Raki? Ist das nicht chinesisch?", frage ich. „Ich dachte, die Griechen trinken Ouso."

Ingrid zuckt nur mit der Schulter, hebt ihr Glas leicht an und trinkt es mit einem einzigen Schluck leer. Ich koste erst einmal vorsichtig. Es schmeckt nicht übel, aber nicht nach Anis wie ich hoffte.

„Trester. Aus Trester gemacht", erklärt der Mann, der uns den Schnaps hingestellt hatte.

Ein kleiner Junge kommt gelaufen und setzt sich wortlos zu uns an den Tisch, was ich recht seltsam finde. Er ist ganz allein, kein Erwachsener folgt ihm.

„Gehe in die Küche und hole dir Nudeln!", sagt der Mann vom Nachbartisch.

Der Junge saust davon und kommt wenige

Augenblicke später mit einem tiefen Teller voller Nudeln zurück. Nur Nudeln, kein Fleisch, kein Gemüse, keine Soße. Das Kind schaufelt konzentriert alles in sich hinein. Ich hätte nicht einmal die Hälfte dieser Menge geschafft und bin total perplex, als das Kind aufspringt, wieder in die Küche läuft und mit einem frisch gefüllten Teller Nudeln zurückkommt. Ich schaue versonnen dem Jungen beim Essen zu und muss an nichts denken.

Die dicke Frau bringt unser Essen und setzt sich neben das Kind an unseren Tisch. Sie streicht dem Jungen über den Kopf und fragt: „Schmeckt´s?" Das Kind nickt und kaut, ohne aufzuschauen. Jetzt wendet sich die Frau an uns: „Wohnt´s ihr hier?"

Ich schüttle den Kopf.

„Ah! Besuch! Bei Familie? Schwester?"

„Ja, wir besuchen unsere Schwester, die hier in der Strahlenklinik liegt."

Die Frau hält sich erschrocken die Hand vor den Mund.

„Schlimm?"

Ingrid nickt, ich löffle meine Suppe.

Die Frau geht kopfschüttelnd hinter den Tresen und kommt im nächsten Moment zurück mit vier gefüllten Schnapsgläsern auf einem Tablett. Sie macht dem Mann ein Zeichen und flüstert ihm etwas zu.

„Auf Schwester! Bald wieder gesund."

Wir stoßen alle vier an. Ich merke, wie mir das Getränk heiß die Kehle hinunterläuft und es plötzlich ebenso heiß in den Augen brennt. Ich versuche, meine Tränen zurückzuhalten. Es klappt nicht. Ich beuge meinen Kopf weit nach unten und löffle weiter meine Suppe. Dabei merke ich, wie es von meiner Wange immer wieder in den Teller tropft.

*****

Wir gehen sofort ins Bett, als wir im Hotel ankommen.

„Ich will erreichbar bleiben", sagt Ingrid und zeigt auf ihr Smartphone.

Am liebsten hätte ich sie jetzt daran erinnert, dass sie in ihrer Wohnung kein *Wischteil*, wie sie es nennt, duldet, aber offenbar selbst nicht darauf verzichtet. Doch ich sage lieber nichts. Während sie darauf herumtippt, lese ich in einer Zeitschrift.

Zwischen der Nachtlampe, deren Licht kaum zum Lesen ausreicht, und der Seite schwirrt ein winziges Insekt. Ich beobachte das Tierchen eine Weile, doch es fängt an, mich zu stören mit seinem unablässigen Hin und Her. Als es sich auf meinem Arm niederlässt, schlage ich zu. Doch ich verfehle es, was mich ärgert. Jetzt kriecht es über die weiße Bettdecke und sieht aus wie eine Ameise. Ich schlage zu, heftiger dieses Mal, doch die Decke gibt nach und das Insekt fliegt davon. Können Ameisen fliegen? Sicher nicht. Was es auch sein mag, mich macht es wütend und ich fuchtle wild mit den Händen um mich. Ich will das Viech nicht in meinem Bett haben. Jetzt sitzt es direkt auf der Heftseite. Ich klatsche mit der flachen Hand darauf. Ein schwarzer Fleck bleibt. Wie eklig!

„Was machst du?", fragt Ingrid.

„Ein kleines Tier, jetzt ist es tot."

Tot. Wieder dieses Wort. Ich habe plötzlich Angst, dass meine Schwester stirbt.

„Mach das Licht aus, dann kommen keine Mücken mehr!", bestimmt Ingrid.

Ist der Tod einer Schwester anders als der des Ehemannes? Mit der Schwester ist man verwandt, mit dem Mann nicht. Die Schwester ist einfach von Geburt an da, den Mann sucht man sich aus, um mit ihm bis ans Ende seiner Tage zu leben. Ich wusste nicht, dass mein Mann so früh stirbt. Das Ende seiner Tage war plötzlich da.

Ist der Tod erträglicher, wenn man darauf vorbereitet ist? Ich fürchte, dass Jutta sterben wird.

Meine Gedanken kann ich nicht steuern, sie prasseln auf mich ein, völlig zusammenhanglos. Ich mag das nicht. Ich bin es gewohnt, mich zu konzentrieren und meine Gedanken zu kontrollieren, doch im Moment gelingt mir das nicht.

Schwer wie Blei sinke ich tief in die Matratze, sie ist viel zu weich. In meiner Erinnerung lag ich in Hotelbetten eher zu hart.

Mein Handy klingelt und reißt mich aus meinen Gedanken.

„Wo steckst du, Mama?"

Es ist Sabine. Ich hatte ihr gesagt, dass ich nach München zu Jutta fahre.

„In einem Hotel in München", antworte ich.

„Hotel? Heißt das, du übernachtest dort?"

Was soll es sonst heißen? Deshalb beantworte ich diese Frage nicht.

„Ich dachte, du nimmst morgen Lisa. Du weißt doch, dass ich mit dem Chor auftrete."

Das habe ich glatt vergessen.

„Ist es Sabine?", mischt sich Ingrid ein. „Sage ihr klipp und klar, dass sie sich selbst kümmern muss!"

Ingrid hat leicht reden. Sabine hat sich auf mich verlassen, denn sicher habe ich ihr versprochen, morgen die Kleine zu behalten. Es tut mir schrecklich leid, sie zu enttäuschen.

Was mache ich denn jetzt?

„Sabine, ich kann jetzt nicht zurück. Wir wollen morgen noch einmal zu Jutta."

„Das hätte ich mir denken können, dass dir deine Schwestern wichtiger sind."

„Aber nein, meine Liebe", sage ich.

Doch das hört sie nicht mehr, sie hat aufgelegt – ohne ein weiteres Wort und ohne Gruß zum Abschied. Sie wird zu Recht verärgert sein.

„Von Jutta hast du nichts erzählt", kritisiert Ingrid.

„Sie hat nicht gefragt."

„Ich finde deine Tochter unverschämt, wirklich. Sie ist furchtbar egoistisch."

„Das ist sie nicht", verteidige ich sie. „Sie weiß nichts von Juttas Krankheit. Sie weiß nur, dass wir beide sie besuchen."

Ich höre Ingrid schnaufen und auf die Bettdecke schlagen und bin froh, dass es dunkel im Zimmer ist. So muss ich Ingrids Gesicht nicht sehen.

*****

Sonntag.

Wie gerädert wache ich auf und versuche, meinen Traum festzuhalten. Ich träumte von Jutta, nicht direkt von ihr, von hunderten Fotos, auf denen ihr Gesicht abgebildet war als Baby, als Schulkind, als junge und als ältere Frau. Gemeinsam war allen Bildern die Größe: zwanzig mal dreißig Zentimeter. All diese Bilder versuchte die Kirche zu versteigern. Wie komme ich auf solch einen seltsamen Traum?

Nun bin ich wieder in der Klinik und will Jutta besuchen. Doch ich verirre mich in den Gängen. Alle sehen gleich aus: beige mit dunkelgrünem Sockel. Alle gehen um irgendeine Ecke. Die Fahrstühle öffnen sich nach zwei Seiten und offenbar steige ich immer an der falschen Seite aus. Ich verliere völlig die Orientierung und flüchte ins Treppenhaus. Doch von dort gelange ich in einen ganz anderen Trakt im Nebengebäude und finde nicht zurück.

Ingrid ist plötzlich verschwunden. Sie rief mir nur zu, dass sie bald zurück sein wird. Ich weiß nicht, wo sie so lange steckt. Und ich weiß nicht, wie ich Juttas Zimmer finde. Schließlich hilft mir eine Putzfrau und zeigt mir den Weg.

Die beiden Frauen in den Nachbarbetten haben Besuch, der die beiden einzigen Stühle im Zimmer belegt.

Ich beuge mich über Jutta und will ihr einen Kuss auf die Wange drücken.

„Schnauze!", schimpft sie laut und deutlich.

Erschrocken weiche ich zurück und frage: „Wie bitte? Was meinst du?"

Sie dreht mühsam ihren Kopf zur Seite, weg von mir und schaut auf die beiden Frauen und ihre Besucher. Jetzt verstehe ich: Sie will ihre Ruhe.

Jutta hatte immer gern viele Menschen um sich, doch jetzt ist sie krank, sehr schwer krank. Das Geplapper der vielen Leute erträgt sie nicht.

Trotzdem überkommt mich eine Art Glücksgefühl, denn Jutta kann sprechen. Es war nur ein Wort, doch es war laut und deutlich. Gestern kam kein einziger Laut über ihre Lippen.

„Nein! Nicht!", jammert sie.

Wieder dreht sie ihren Kopf zur Seite. Will sie mich nicht sehen? Vorsichtig berühre ich ihre Schulter. Nun schaut sie mich an und lächelt. Also darf ich sie umarmen, küssen und streicheln.

Ihr Lächeln wirkt nicht echt. Früher bezeichnete ich es garstig als ihr Berufsgrinsen. Heute freue ich mich, sie wenigstens an diesem Lächeln zu erkennen, denn ihr Gesicht hat sich auf schreckliche Weise verändert. Es ist zwar nicht mehr so aufgedunsen wie gestern, doch ihre Augen liegen tief in den Höhlen und zeigen kein Leben, kein Erkennen. Sie wirken stumpf und direkt leblos. Das macht es mir schwer, sie anzuschauen.

Jutta krallt ihre Hand in meinen Arm. Vorsichtig löse ich ihre Hand, nehme sie in meine und streichle sanft darüber. Ihre Hand ist warm, fast heiß. Hat sie Fieber? Ich drücke sacht die mir so sehr vertraute Hand und betrachte die langen schlanken Finger. Klavierfinger habe ich sie immer genannt und Jutta glühend darum beneidet, weil meine kurzen Wurstfinger überhaupt nicht damenhaft wirken.

Eine Krankenschwester bringt das Mittagessen und stellt es auf eine Platte, die am Nachttisch befestigt ist. Ich bin erleichtert, weil ich nun endlich etwas tun kann. Ich füttere Jutta mit gedünstetem Fisch, Spinat und Kartoffelbrei. Sie isst den ganzen Teller leer, obwohl ich merke, dass Brei und Gemüse sehr heiß sind. Offenbar empfindet sie das nicht.

Dabei fällt mir ein, dass auch unser Vater seinen Teller immer sehr schnell leergeräumt hatte, während ich noch lange vorsichtig pustete. Sogar den Kaffee trank er am liebsten kochend heiß. Bei Jutta ist mir diese Eigenart bisher noch nie aufgefallen.

Mich wundert, dass sie so viel essen kann, weil der Tumor im Magen sitzen soll. Deshalb hatte ich befürchtet, dass sie unter höllischen

Bauchschmerzen leidet, nichts essen und nichts im Magen behalten kann. Ich glaubte sogar, dass sie künstlich ernährt werden müsse. Doch die Schwester sagt, dass das Zeug aus der Flasche, das über einen Schlauch irgendwo unter ihrem Schlüsselbein unaufhörlich in den Körper tropft, nur Flüssigkeit sei. Doch wozu? Sie trinkt Tee, Kaffee, Wasser und Saft. Ich glaube der Schwester nicht. Sie ist kein Arzt, sie wird es gar nicht wissen.

Nach dem Essen dreht sich Jutta zur Seite in Richtung Fenster; wie eine Pflanze, die ihre Blätter Richtung Licht wendet. Vom Fenster aus sehe ich einen großen Park, der wohl zum Klinikgelände gehört. Jutta kann diesen Park nicht sehen, nicht einmal die Äste der höchsten Bäume, denn ihr Zimmer liegt im vierten Stock. So hoch sind die Bäume nicht.

Ich weiß nicht, worüber ich mit Jutta reden soll, mit ihr reden kann. Erwähne ich jemanden aus der Familie, weint sie. Für Politik hat sie sich nie interessiert, also kann ich ihr auch nicht aus der Zeitung vorlesen. Ein Buch habe ich leider nicht dabei. Mir fällt einfach kein unverfängliches Thema ein.

Als Kinder waren wir unzertrennlich. Doch mit der Lehrzeit trennten sich unsere Wege und auch unsere Interessen. Mir ist plötzlich klar, dass wir schon seit Jahren nicht mehr wirklich miteinander gesprochen haben. Eine von uns stellte eine Frage, die Andere antwortete. Meist ging es um sachliche Informationen aus der Familie. Das ist kein wirkliches Gespräch.

Ich erzähle von unserem Abendessen gestern beim Griechen. Jutta hört zu, sagt aber nichts. Mir fällt ein, dass wir beide vor vielen Jahren einmal im Münchner Hofbräuhaus waren. Ich erinnere sie daran und an die große Portion Schweinshaxe, von der sie sich den Rest einpacken ließ. Zum Essen tranken wir Bier aus einem riesigen Krug, den ich mit beiden Händen halten musste.

„Weißt du noch, wie viel wir an diesem Abend lachten?", frage ich und lächle sie an.

Sie lächelt nicht zurück.

„Schluss!", sagt sie laut und deutlich. Und noch einmal: „Schluss!"

Will sie nicht an diesen lustigen Ausflug erinnert werden?

„Was meinst du, meine Liebe?", frage ich ängstlich.

„Ich will nicht mehr. Ich kann das nicht mehr." Sie weint.

„Was denn? Was meinst du?"

„Das hier." Sie zeigt auf sich selbst und weint

heftiger.

Heißt das, sie mag die Behandlung nicht mehr? Das wäre fatal, denn diese ist nötig, damit Jutta gesund wird.

In diesem Moment fällt mir ein Buch ein, das ich vor einiger Zeit gelesen habe. In dieser Geschichte ging es einer Patientin während einer Chemotherapie derart schlecht, dass sie ihre Mutter fragte, warum sie sie geboren hätte. Sie wolle lieber sterben als weiter so leiden zu müssen. Das fand ich ziemlich übertrieben. Diese Patientin war sehr jung, noch ein Mädchen, weshalb ich wegen dieser heftigen Worte mehr Mitgefühl mit der Mutter als mit der Kranken empfand.

Ob Jutta ähnlich fühlt? Das wäre schrecklich! Ich ergreife ihre Hände und überlege, mit welchen Worten ich sie beruhigen kann.

„Ich weiß, meine Liebe. Ingrid hat mit der Ärztin gesprochen. Sie sagte, es wird keine weitere Chemo geben und die Psychopharmaka werden reduziert."

Ich sage das nur, um Jutta zu trösten und habe kein gutes Gefühl dabei. Es ist nicht gut, wenn sich der Patient gegen die Behandlung wehrt. Es wäre besser, wenn sie ihrem Arzt vertraut.

Offenbar hat Jutta bereits das pflanzliche Mittel bekommen, von dem die Ärztin sprach. Denn immerhin kann sie heute sprechen.

„Ich will hier raus. Jetzt!", fordert sie.

Das klingt sehr verzweifelt. Ich nehme sie schnell in meine Arme und wiege sie hin und her.

„Du kommst hier raus, bald, wenn du gesund bist", flüstere ich in ihr Ohr.

„Nein! Jetzt! Kein Gelaber mehr!"

Mir fällt ein, dass die Ärztin sagte, Peter wolle Jutta in ein Hospiz bringen lassen, nicht nach Hause. Das kann ich ihr natürlich nicht sagen. Sie wird sich abgeschoben fühlen. Ich kann mir nicht vorstellen, dass sie tatsächlich lieber in solch ein Sterbehaus gehen möchte als hier in dieser Fachklinik zu bleiben. Ich möchte nicht, dass sie die Behandlung abbricht. Peter will das auch nicht. Er wird darauf bestehen, dass die Ärzte bis zum letzten Moment alles versuchen, um seine Frau zu heilen. Er liebt sie sehr, das weiß ich. Auch, wenn er sich manchmal seltsam verhält.

Schnell versichere ich ihr, dass sich Peter bereits um ein Bett kümmert, obwohl ich mir überhaupt nicht sicher bin. Denn ich habe kein einziges Wort mit ihm gewechselt und kann mich nur darauf verlassen, was mir Ingrid erzählte. Ihr hatte die Ärztin gesagt, dass Jutta bereits ab der kommenden Woche einen Pflegeplatz hat.

„Jetzt!", sagt Jutta wieder und weint.

„Heute ist Sonntag, meine Liebe", versuche ich, sie zu trösten. „Da kann man nichts organisieren. Du musst dich wohl oder übel ein paar Tage gedulden."

Jutta weint heftiger.

„Nein! Ich kann das nicht."

Mir tut ihre verzweifelte Ungeduld in der Seele weh und ich weiß nicht, was ich noch sagen kann, um sie zu beruhigen.

Vielleicht lehnt sie die Behandlung ab, weil sie keinen Sinn mehr darin sieht. Doch das würde bedeuten, dass sie überhaupt keine Hoffnung mehr hat. Ich fürchte auf einmal, sie lächelt deshalb nicht, weil sie sich von mir verspottet fühlt, wenn ich so zuversichtlich rede. Trotzdem wage ich nicht, sie direkt zu fragen, ob sie glaubt, dass sie bald sterben wird.

So hilflos und komplett abhängig im Bett zu liegen, sich nicht bewegen oder allein essen zu können – das muss schier unerträglich sein. Ich bewundere ihre Tapferkeit und sage ihr das.

„Ich bin nicht tapfer", antwortet sie. „Ich habe nur keine Wahl."

Diese Worte stimmen mich sehr nachdenklich und überaus traurig. Ich fühle ihre Verzweiflung direkt körperlich und mir ist es unangenehm, dass es mir gesundheitlich so gut geht.

„Mama!"

Ich schaue zur Tür, durch die Filip mit großen Schritten hereinstürmt. Wie immer wackelt er wie ein großer Bär hin und her und beugt seinen Oberkörper weit nach vorn. Den Jungen hatte ich ganz vergessen. Er breitet seine Arme aus und verliert dabei seinen Blumenstrauß. Es sind rosa und pinkfarbene Tulpen. Ich mag keine Tulpen, schon gar nicht mitten im Winter, doch Jutta liebt sie geradezu. Schnell springe ich auf, sammle die Blumen ein und stelle sie in einen großen Pappbecher. Vasen sind im Zimmer nicht erlaubt, doch der schöne Strauß darf zum Glück stehenbleiben.

Filip wirft sich mit Schwung auf Juttas Bett. Er wird ihr weh tun.

„Sei doch vorsichtig!", mahne ich.

Doch Filip hört nicht auf mich. Er setzt sich aufs Bett, ganz nah an seine Mutter, umarmt sie und lacht dabei wie er immer lacht. Jutta lächelt ihn an und Filip strahlt glücklich zurück. Er wundert sich offenbar nicht über die vielen Beutel und Schläuche, die über ihrem Kopf hängen oder unter der Bettdecke hervorschauen und auch nicht darüber, dass seine Mutter keine Haare hat.

„Meine liebste Mama!", ruft er immer wieder aus und patscht mit seinen ungeschickten Händen erstaunlich zart an ihre Wangen. „Hast mir sooo gefehlt. Jetzt bin ich hier, jetzt wird alles wieder gut."

Er greift nach ihrer Hand und pustet darauf wie man es bei kleinen Kindern macht, wenn sie sich gestoßen haben. Dann tippt er vorsichtig auf die Kanüle, die in ihrem Handrücken steckt und verzieht dabei das Gesicht.

Jutta lacht. Nicht ein einziges Mal habe ich sie in den letzten Tagen lachen sehen. Nur ihre Augen wirken leblos, sie funkeln nicht so wie früher.

„Was ist das?" Filip zeigt auf die Infusionsflasche, von der ein dünner Schlauch unter die Bettdecke führt.

„Flüssigkeit", sage ich schnell. „Das tropft in Mamas Körper."

Jutta zeigt auf die Stelle, wo der Schlauch in einer Nadel in ihrem Fleisch endet. Filip drückt seinen Finger direkt neben die Einstichstelle.

„Tut dolle weh?", will er wissen.

Jutta schüttelt den Kopf.

„Cool! Musst nicht selber trinken, was?"

Filip lacht. Auch Jutta lacht.

„Bist müde? Willst schlafen?"

Jutta nickt. Ich hatte gar nicht bemerkt, dass dieser Besuch sehr anstrengend für sie sein muss. Doch Filip spürt so etwas. Er wirft sich wieder auf seine Mutter und befiehlt: „Augen zu! Jetzt schlafen, dann gesund."

„Du bist ein richtiger Schatz. Weißt du das?", sage ich zu Filip, als wir aus dem Haus treten.

Der Junge nickt, lacht und weint gleichzeitig. „Will nicht, dass Mama schlimm krank ist."

„Ich weiß. Wir wollen alle, dass sie schnell wieder gesund wird."

Viel Hoffnung habe ich nicht, doch diesen Gedanken schiebe ich sofort weit von mir, denn ich fürchte, ihn zu übertragen und damit Unheil anzurichten.

Filip rennt zur Seite und steuert auf eine Bank zu, indem er wild mit den Armen fuchtelt. Ich schaue ihm nach, entdecke Ingrid und setze mich zu ihr auf die Bank. Sie zeigt auf den Jungen.

„Ich habe ihn hergebracht."

„Das hätte schief gehen können", tadle ich.

„Wieso? Jutta will ihr Kind sehen und Filip seine Mutter. Das ist das Natürlichste der Welt."

„Aber Filip ist nicht der natürlichste Junge der Welt. Filip ist krank."

„Na und? Jutta ist auch krank."

Wie sie das wieder sagt! Sie schmettert es mir wie einen Säbelhieb ins Gesicht.

Filip lacht uns an. Er legt den Kopf in den Nacken und schaut hoch in den Himmel. Ich folge seinem Blick. Auch Ingrid will sehen, was er da oben so fasziniert betrachtet. Doch es ist nichts zu sehen.

„Filip!", ruft eine strenge Stimme.

Der Junge rennt sofort los und wirft uns dabei Kusshände zu, während er sich im Laufen umschaut. Hoffentlich stürzt er nicht. Jetzt sehen wir, dass Peter mit langen Schritten auf ihn zugeht.

„Hol die Mama da raus!", brüllt er seinem Vater entgegen.

Doch der ergreift einfach Filips Arm und zieht ihn zum Auto, ohne uns überhaupt anzu-schauen, geschweige zu begrüßen.

Entsetzt schaue ich Ingrid an, doch die zuckt nur mit der Schulter.

„Peter ist krank, verwirrt, das weißt du doch. Er kann nichts dafür, dass er sich an Ereignisse erinnert, die es nie gegeben hat."

„Trotzdem kann er wenigstens grüßen", sage ich empört. „Das macht er schließlich bei anderen Leuten auch."

Wieder zuckt sie mit der Schulter und ich beneide sie um ihre Gelassenheit.

„Ich mache mir eher Sorgen um Filip. Der Junge ist behindert. Man versorgt ihn, man kümmert sich um ihn, aber man nimmt ihn nicht ernst. Dabei hat er ganz normale menschliche Gedanken und Gefühle. Und er strahlt so viel Liebe aus."

Damit hat Ingrid vollkommen Recht. Ich sehe Filip deutlich an, wie sehr ihn Juttas Krankheit bekümmert. Und doch konnte er fröhlich wie immer auf seine Mutter zugehen und sie aufmuntern. Das hat mich sehr berührt.

„Ich konnte im ganzen Haus keinen einzigen Arzt auftreiben", beklagt sich Ingrid. „Es muss doch auch Sonntags jemand für die schwerkranken Leute da sein und den Angehörigen Auskunft geben. Ich konnte nur herausfinden, dass die Ärztin von gestern frei hat und morgen in den Urlaub fährt - hoffentlich nicht für längere Zeit in ihre Heimat."

„Warum versuchst du immer, mit den Ärzten zu sprechen?", wundere ich mich. „Du weißt doch, dass Peter nicht will, dass sie uns Auskunft geben."

„Aber ich will wissen, wie es um Jutta steht. Von Peter erfahre ich es nicht. Ich bin mir nicht einmal sicher, ob er dafür sorgt, dass alles in ihrem Sinn geschieht. Ich will, dass Jutta so schnell wie möglich hier raus kommt. Am besten noch heute."

So ungeduldig kenne ich Ingrid gar nicht. Außerdem hat sie das nicht zu bestimmen. Das steht nur den Ärzten zu, allein die wissen, was gut für Jutta ist.

„Jutta hat mir vor längerer Zeit von einer Frau im Pflegeheim erzählt, die seit neun Jahren in ihrem Bett liegt und täglich darum bittet, sterben zu dürfen."

„Das ist ja furchtbar! Kein Mensch will sterben!", rufe ich aus.

„Doch." Ingrid nickt. „Wenn man lange Zeit sehr krank ist und obendrein so alt wie diese Frau, dann will man sterben."

„Aber doch nicht Jutta!"

„Das weiß ich nicht. Und du weißt es auch nicht. Aber ich halte es für möglich."

Mir fällt ein, wie verzweifelt Jutta wirkte und wie sehr sie darum bat, sie sofort aus dem Krankenhaus zu holen.

„Sie weiß, dass sie sterben muss und wünscht sich eine angenehmere Umgebung. Ein Hospiz zum Beispiel."

„Du meinst ein Sterbehaus?", frage ich entsetzt.

„Aber Jutta wird doch jetzt nicht sterben!"

Ingrid zuckt mit der Schulter.

„Daheim kann sie nicht richtig gepflegt werden, schon gar nicht von Peter."

Das glaube ich nicht. Schließlich habe ich gesehen, wie liebevoll er Jutta fütterte.

„Er hat selbst Probleme und verbreitet keine gute Stimmung", ergänzt Ingrid.

Aber sie wäre daheim in ihrem Haus, in ihrer gewohnten Umgebung und könnte in den Garten schauen.

„In einem Hospiz weiß man, wie man mit Sterbenden umgeht, wie man sie tröstet, ablenkt und auch, wie man sie auf den Tod vorbereitet."

Am liebsten würde ich Ingrid den Mund verbieten. Ich will davon nichts hören. Ich mag nicht daran denken und schon gar nicht glauben, dass Jutta so bald stirbt.

„Sterben gehört nun mal zum Leben dazu."

Wie brutal sie das wieder ausdrückt. Ich könnte sie glatt ohrfeigen und schaue sie böse an.

Doch sie zuckt nur wieder mit der Schulter und sagt: „Schönfärben mag ich nicht – es bringt auch nichts."

Ich fühle mich hundsmiserabel. Irgendwie ist mir trotz der winterlichen Kälte hier draußen heiß. Mein Gesicht brennt wie Feuer und das Sonnenlicht blendet meine Augen und lässt sie tränen.

„Warte!", ruft Ingrid.

Sie ergreift meinen Arm und drückt mich gegen die Lehne der Bank, auf der ich sitze.

„Bleib hier!", befiehlt sie.

Das mache ich ganz sicher nicht bei dieser Kälte. Da hole ich mir ja den Tod. Tod. Bei diesem Wort fällt mir sofort meine schwerkranke Schwester ein und ich fange an zu weinen. Sicher gucken die Leute schon, doch irgendwie scheint mir alles verschwommen: die Autos, die Bäume und auch die Menschen. Ich suche nach einem Taschentuch, um mir die Tränen von den Augen zu wischen. Hier sitzenbleiben werde ich nicht. Doch ich schaffe es nicht, aufzustehen. Meine Beine sind wie Blei, auch sonst fühle ich mich schwer, als hätte ich plötzlich hundert Kilogramm zugenommen. Irritiert schaue ich mich um.

„Gleich wird es besser", höre ich Ingrids Stimme. Sie drückt mir ein nasskaltes Tuch ins Gesicht.

„Was soll das?", denke ich und versuche, sie mit meinen Händen wegzuschieben. Doch auch meine Arme gehorchen mir nicht.

„Deine Augen und Lippen sind stark geschwollen", erklärt sie. „Eine Überreaktion, die Nerven. Wir kriegen das wieder hin."

Und wirklich lässt die Schwellung im Gesicht überraschend schnell nach und ich kann bald aufstehen und an Ingrids Arm langsam zum Auto gehen.

Dieser seltsame Anfall hat mich ziemlich schockiert und ich nehme mir vor, gleich morgen zu meinem Arzt zu gehen und mir ein Mittel dagegen verschreiben zu lassen. Ich hoffe, dass es wirklich nur eine Überreaktion der Nerven ist und nichts ernstes.

*****

Während der langen Heimfahrt zurück nach Chemnitz frage ich Ingrid, ob sie genau weiß, wie eine Chemo funktioniert.

„Sie soll die kranken, wuchernden Zellen töten, damit der Tumor schrumpft und man ihn mit einer Operation entfernen kann."

„Das hört sich gut an", freue ich mich.

„Das Problem ist, dass dieses Gift, das in den kranken Körper gepumpt wird, nicht nur die kranken, sondern auch die gesunden Zellen tötet."

Natürlich glaube ich das nicht, denn das würde dem Kranken schaden, was mit Sicherheit kein Arzt will.

„Das will er auch nicht, doch leider kann das Mittel die kranken nicht von den gesunden Zellen unterscheiden. Deshalb ist solch eine Chemo reines russisches Roulett, ein Spiel auf Leben und Tod mit vielen Nebenwirkungen. Keiner weiß vorher, was dabei heraus kommt."

Das glaube ich noch viel weniger, denn eine Behandlung ist schließlich eine sehr ernste Sache und kein Glücksspiel. So etwas wäre hierzulande nie im Leben erlaubt.

Ingrid tut immer so altklug, doch sie hat ihr seltsames „Wissen" nur aus dem Internet. Dort kann sie selbst aussuchen, worüber sie sich informiert und was sie glauben möchte. Sie sollte lieber auf dem Boden der Tatsachen bleiben und den Ärzten vertrauen. Ihr ständiges Misstrauen ist mir sowieso zuwider.

„Warum passiert so etwas Schreckliches ausgerechnet unserer Schwester?", frage ich und fühle mich kreuzunglücklich.

„Wie meinst du das?" Ingrids Stimme klingt sehr empört. „ Wäre es dir lieber, es träfe einen anderen?"

„Natürlich wäre mir das lieber!", gebe ich ebenso empört zurück. „Jutta hat überhaupt nicht verdient, so leiden zu müssen."

„Aber ein anderer hätte es verdient? Dein Nachbar vielleicht oder einer deiner Kollegen?"

Schlagartig ist mir klar, was Ingrid meint und ich schäme mich sehr. Natürlich wünsche ich keinem einzigen Menschen ein Leid, auch nicht denen, die mir zutiefst zuwider sind.

„Wo steckt eigentlich Basti so lange?", lenke ich auf ein anderes Thema ab.

Ingrid zuckt mit der Schulter.

„Keine Ahnung. Zuletzt meldete er sich aus Burma oder Birma."

„Vermutlich hat er dort geschäftlich zu tun."

„Möglich. Doch ich frage mich, was das für Geschäfte sein sollen, die er in den seltsamsten Ländern abwickelt. Oft reist er nach Südamerika und auch nach Afrika. Für mich stinkt das zum Himmel."

Ich glaube eher, dass Ingrid nur neidisch ist und gern ihre eigenen Söhne in solch einem interessanten und ganz sicher erfolgreichen Job sehen würde wie ihn Sebastian hat. Doch die haben stinknormale Berufe. Der eine ist nur Koch in einer Großküche und der andere wenigstens Lehrer in einem Gymnasium. Sie machen nicht einmal im Urlaub eine Weltreise, sondern bleiben in Deutschland oder in einem der Nachbarländer wie Österreich oder Dänemark. Ansonsten verbringen sie das gesamte Jahr immer am gleichen Fleck.

„Wer einen ehrlichen Beruf ausübt, kann sagen, was er macht und wo er beschäftigt ist. Doch Sebastian redet nie über seine Arbeit. Deshalb glaube ich, dass er gar nicht arbeitet, sondern nur Urlaub macht."

„Und woher sollte er das Geld für seine Weltreisen haben, wenn er angeblich nicht arbeitet?", frage ich bissig zurück.

„Weiß der Kuckuck! Vielleicht nassauert er sich überall durch."

Jetzt geht sie zu weit. So abfällig darf man nicht über andere Menschen sprechen, schon gar nicht über den eigenen Neffen. Doch dass sich der Junge nicht blicken lässt, wundert mich ebenfalls.

„Jedenfalls sollte er längst hier sein. Schließlich weiß er, wie schwer krank seine Mutter ist. Ich verstehe nicht, wo er so lange bleibt."

„Vielleicht bekommt er nicht so schnell frei oder es gibt keinen Flug", überlege ich laut.

Ingrid rollt mit den Augen. Ich weiß, dass sie glaubt, er wäre im Urlaub und lässt es sich gut gehen, während daheim alles zusammenbricht.

Plötzlich habe ich das Gefühl, Jutta heute zum letzten Mal gesehen zu haben. Mich ergreift sofort Panik und ich schaue konzentriert aus dem Fenster, damit Ingrid das nicht bemerkt.

Meine Panik lässt mit jedem Kilometer, mit dem wir uns Chemnitz nähern, nach. Die schlimmen Gedanken um Jutta werden schwächer.

Ich denke an Sabine und überlege, wie sie an diesem Wochenende mit der kleinen Lisa zurechtgekommen ist und freue mich darauf, die beiden bald zu sehen. Und ich freue mich auf meine Wohnung und auf mein Bett. Plötzlich merke ich, wie schrecklich müde ich auf einmal bin. Am liebsten würde ich sofort hier im Auto einschlafen, doch ich reiße mich zusammen und beobachte aufmerksam die Straße, um Ingrid zu unterstützen.

„Soll ich dich mal ablösen?", frage ich sie.

„Wie?"

„Beim Fahren. Soll ich dich beim Fahren mal ablösen?"

„Nein, danke. Das musst du nicht. Es ist alles in

Ordnung."
Erleichtert seufze ich, denn das Steuern von Ingrids kleinem Fahrzeug über die Autobahn wäre mir sehr schwer gefallen.

*****

Für den Sonntag darauf schenkte mir Melanie eine Konzertkarte für die Chemnitzer Oper. Sämtliche Musiker sind Kinder unter sechzehn Jahren. Ich freue mich schon sehr auf dieses Ereignis, denn auch meine beiden Enkel Martina und Valentin werden auftreten.

Ich sitze neben Melanie im ersten Rang ganz vorn und habe einen wunderbaren Blick über den gesamten Konzertsaal und die Bühne. Alles ist in dunklem Weinrot gehalten: die Polster und auch die Vorhänge.
Meine Tochter hatte mir verraten, welche Stücke ihre Kinder spielen werden: die Serenade von Schubert und das Adagio von Bach. Ich mag beide Stücke besonders gern.
Zuerst sitzt Valentin am Flügel und Martina spielt Geige. Die Melodie der Serenade klingt wunderschön, doch so überaus traurig, dass ich vor all den Leuten, die um mich herum sitzen, weinen muss. Melanie nimmt meine rechte Hand zwischen ihre Hände und drückt

sie fest. Das tut mir gut. Dabei fällt mir Jutta ein, deren Hand ich vor einer Woche hielt und die jetzt in ihrem Krankenzimmer liegt und vielleicht ebenso weint wie ich. Vielleicht ist sie längst in diesem Hospiz oder daheim? Leider weiß ich das nicht.

Nun setzt sich Martina an den Flügel und begleitet ihren Bruder, der mit seiner Oboe die sehr eindringliche Melodie des Adagio spielt. Bisher hörte ich das Stück meist mit Geige oder Cello gespielt, noch nie mit einer Oboe. Mich beeindruckt die Melodie derart, dass ich direkt das Atmen vergesse. Am liebsten würde ich jetzt aufstehen und laut verkünden, dass ich die Oma dieser beiden kleinen Künstler bin.

Auch die vielen anderen Darbietungen der Kinder begeistern mich und ich bin sehr dankbar, dieses wunderbare Konzert genießen zu dürfen.

Den Abend lassen wir im Gasthof Opera bei einem guten Essen ausklingen und ich versichere meinen beiden Enkeln, dass mir von all den wunderschönen Musikstücken ihre beiden am allerbesten gefallen haben.

Eine mögliche Lösung

Es klingelt. Ingrid steht vor meiner Tür. Wir haben uns eine volle Woche nicht mehr gesehen, doch täglich telefoniert. Jedes Mal fragt sie zuerst, ob ich Neuigkeiten über Jutta erfahren konnte. Konnte ich nicht. Wie auch? Peter legt auf, wenn ich anrufe und unsere Schwester meldet sich nicht selbst.

Wir vermuten, dass sie nach wie vor im Krankenhaus liegt, obwohl sie dort schon vor mehr als zehn Tagen unbedingt heraus wollte. Ingrids Zorn darüber ertrage ich nicht, denn ich kann ebenso wenig daran ändern wie sie.

„O Gott! Du siehst ja furchtbar aus!", sage ich entsetzt und schlage die Hände über dem Kopf zusammen.

„Vielen Dank!", gibt sie bissig zurück. „Und höre mit deinem Gott-Gefasel auf!"

„Schon gut", gebe ich sofort nach.

Ich verstehe nicht, weshalb sie sofort ärgerlich wird, wenn sie sich an die Kirche erinnert fühlt. Sie hat, soweit ich weiß, keinerlei Erfahrungen mit der Kirche gemacht.

Ingrid glaubt nicht an Gott. Trotzdem sollte sie nicht so allgemein auf Kirche und Pfarrer schimpfen. Und sie sollte die Welt nicht so kühl betrachten, damit sie endlich merkt, dass es außer unserer sichtbaren Welt noch etwas anderes gibt. Geben muss. Ob ich es Gott nenne oder Universum, spielt dabei keine Rolle. Ingrid glaubt nicht einmal an Schicksal und meint, jeder sei für die Geschicke seines Lebens selbst verantwortlich.

Bis zu einem gewissen Grad mag das stimmen. Doch seit mein Mann gestorben ist, fühle ich eine Art liebevolle Energie, die mich umhüllt und schützt. Darüber kann ich mit Ingrid nicht sprechen, weil sie es als Blödsinn abtut. Doch ich fühle mich geborgen und glaube, dass alles seine Ordnung und Richtigkeit hat. Alles hat seinen Sinn – das Fröhliche wie das Traurige. Weil ich das weiß, kann ich ruhiger schlafen als sie.

Ingrid glaubt, dass sie immer und überall eingreifen kann. Doch das ist vollkommen unmöglich. Spätestens jetzt muss sie einsehen, wie schnell man an seine Grenzen kommt und wie wenig in unserer Macht steht.

Ich drücke mit meinen Armen gegen ihren Rücken, dränge sie in die Stube und zeige auf den Sessel, auf den sie sich gewöhnlich bei ihren Besuchen setzt. Sie lässt sich schwer hineinfallen und wirkt auf mich wie ein zusammengesunkenes Häufchen Elend.

„Was sagt eigentlich dein Mann dazu, dass du ständig herumtelefonierst oder unterwegs bist, mal bei mir oder gar tagelang in München?"

Sie war zwar erst zwei Mal in München und kommt nicht täglich zu mir, doch ich weiß, dass sie nach wie vor stundenlang recherchiert und telefoniert, um eine Lösung für Jutta zu finden. Ich befürchte, dass sie ihren Haushalt und ihren Mann komplett vernachlässigt.

Verwundert richtet sich Ingrid auf und schaut mich irritiert an.

„Was soll er sagen?"

„Naja, ich glaube, du kümmerst dich gar nicht um ihn und auch nicht um deine Söhne."

Ziemlich scharf antwortet sie: „Das verstehe ich jetzt nicht. Meine Männer sind alle drei erwachsen und können sich um sich selbst kümmern." Dann sinkt sie wieder in sich zusammen und seufzt. „Was soll er dagegen haben, wenn ich mich um meine kranke Schwester sorge?"

Darauf weiß ich keine Antwort und zucke nur mit der Schulter.

„Ich halte dieses untätige Abwarten nicht aus", sagt sie und schaut mich bekümmert an. „Ich muss etwas tun, sonst werde ich verrückt."

Das verstehe ich, obwohl mich ihr Eifer ein wenig wundert. Denn früher interessierte sie sich herzlich wenig für ihre jüngeren Schwestern. Wir waren einfach da und gehörten wie unsere Eltern zur Familie. Jetzt kommt es mir so vor, als ob sie in wenigen Wochen all die Jahre nachholen will.

Täglich informiert sie sich im Internet über mögliche Krebsbehandlungen und ruft sogar verschiedene Fachärzte an. Dabei kann sie gar nichts ausrichten, gleichgültig, was immer sie herausfindet. Anschließend teilt sie mir ihre Neuigkeiten mit und ich soll dazu meine Meinung sagen, obwohl ich noch viel hilfloser bin als sie.

„Sage mir, wie hast du in den letzten zehn Tagen so drastisch abnehmen können? Isst du überhaupt noch was?", frage ich sie besorgt. Auch Jutta hatte so stark abgenommen und ich glaubte, sie machte nur eine Diät.

Doch Ingrid fährt mit dem Arm durch die Luft, als interessiere sie meine Sorge nicht.

„Klar", sagt sie kurz und greift nach meiner Hand. „Hör zu!", beginnt sie energisch. „Ich will nicht über mich reden. Es geht um Jutta."

Immer geht es um Jutta, wenn Ingrid mit mir spricht, als ob es keine andere Themen gäbe. Natürlich sorge ich mich um Jutta, doch ihre Krankheit ist nicht rund um die Uhr in meinem Kopf wie offenbar bei Ingrid.

Schlagartig ist mir klar, dass Ingrid allein deshalb so schlecht aussieht, weil sie sich um unsere kranke Schwester ängstigt. Wenn sie etwas tun könnte, gleichgültig, wie schwierig und aufwändig das wäre, ginge es ihr mit Sicherheit besser, als passiv etwas hinzunehmen. Sie hat überdies keine Ablenkung wie ich mit meiner Arbeit, dafür den ganzen Tag Zeit, sich mit dem entsetzlichen Thema Krebs zu beschäftigen.

„Ich habe gestern ausführlich mit Angela gesprochen."

„Mit wem?"

„Angela, unsere Cousine. Sie ist Ernährungsberaterin."

„Weil du so viel abgenommen hast?"

Ingrid rollt mit den Augen. Am besten, ich sage erst einmal nichts mehr.

„Sie sagt, mit der richtigen Ernährung kann man Krebs heilen."

Also jetzt spinnt sie komplett. Wenn das wahr wäre, würden es alle Menschen machen und die grauenhafte Diagnose könnte niemanden schrecken. Doch meine oberschlaue Schwester weiß es wieder einmal besser.

„Angela würde uns helfen."

„Ist sie Arzt oder was?", fauche ich.

Soweit ich weiß, verkauft sie irgendein Pulver zum Abnehmen. Bildet sich Ingrid wirklich ein, dass ich mir diesen Unsinn anhöre?

„Hör zu! Angela hat mir viele Tipps gegeben, wo ich mich im Internet gründlicher informieren kann."

Internet. Immer höre ich Internet. Daher hat Ingrid all ihre fragwürdigen Weisheiten. Ich suche auch hin und wieder im Internet nach Lösungen. Mal ist es eine Wegbeschreibung, mal ein Kuchenrezept. Doch niemals würde ich im Internet nach Heilungsmöglichkeiten suchen. Schließlich bin ich kein Arzt, Ingrid ebenfalls nicht. Deshalb kann sie meiner Meinung nach diese Artikel gar nicht beurteilen. Außerdem kann jeder x-beliebige Mensch Texte ins Internet setzen, was immer er mag. Dazu braucht er keine Vorbildung, kein Wissen, keine Erfahrung und keine Erlaubnis. Er tippt es einfach ein und Leute wie meine Schwester lesen diesen Unsinn und glauben ihn sogar.

Ich winke genervt ab und will nichts davon wissen.

„In der Nähe von München gibt es eine Bio-Klinik, die Krebskranke heilt, genaugenommen sogar drei."

Das Wort Bio alarmiert mich sofort. Wie kommt Ingrid auf die irrsinnige Idee, solch eine schwere Krankheit wie einen Tumor, der bereits Metastasen gebildet hat, ohne Medikamente heilen zu können? Das ist komplett realitätsfremd.

„Hör zu!", fordert sie noch einmal.

Sie wartet nicht ab, ob ich bereit bin, mir diesen Unsinn anzuhören, sondern plappert sofort los. Dabei beugt sie ihren Oberkörper weit nach vorn und unterstreicht ihre Worte mit den Armen.

„Es gibt ganz wunderbare Kliniken, wo Jutta weder eine Chemotherapie noch eine Operation ertragen muss."

„Eine Chemo ist nun mal die einzige Möglichkeit, den Krebs zu bekämpfen", falle ich ihr ins Wort."

„Eben nicht! Ganz im Gegenteil! Die Schulmedizin geht davon aus, dass man den Krebs mit Gift bekämpfen muss."

„Gift. Musst du immer alles so überspitzt darstellen? Ein Medikament ist doch kein Gift!"

„Im Grunde schon."

Ich schüttle meinen Kopf und bin über ihre wahnwitzige Theorie direkt empört. Wie kann sie behaupten, Medikamente seien giftig?

„Dieses chemische Gift zerstört auch gesunde Zellen im Körper, der durch die Krankheit ohnehin schon geschwächt ist."

Das glaube ich zwar nicht, doch ich sage trotzig: „Das lässt sich eben nicht vermeiden."

„Hör zu!"

Ich höre zu. Sie spricht mit mir, als wäre ich ein

159

Grundschüler. Am liebsten würde ich sie jetzt rausschmeißen. Ich habe sowieso nicht mehr viel Zeit, denn spätestens in einer halben Stunde muss ich losfahren, um die kleine Lisa im Kindergarten abzuholen.

„Also gut, aber nur kurz. Ich habe wenig Zeit", mache ich deutlich.

„Pass auf!"

Schon wieder so ein Befehl. Ich hasse das.

„In dieser Bio-Klinik wird zuerst nach der Ursache für den Krebs gesucht, denn jeder Krebs hat seine Geschichte."

„Geschichte", äffe ich sie nach. „So ein Tumor entsteht nun mal, das kann niemand verhindern."

Ingrid fährt mit der Hand durch die Luft, als wolle sie mir das Wort verbieten. Vergisst sie, dass sie in *meinem* Sessel und in *meiner* Stube sitzt?

„Nein, ein Tumor entsteht zum Beispiel durch Stress."

Ich verdrehe genervt die Augen. Jeder hat schließlich Stress. Der eine mehr, der andere weniger. Da müssten alle Menschen an Krebs erkranken, wenn Ingrid recht hätte.

„Der Stress hindert die Leber am Entgiften und die Zellen teilen sich nicht mehr so wie sie sollen. Doch es führt jetzt zu weit, dir alles genau zu erklären, da du ohnehin keine Zeit hast.“

Ich nicke. Wenigstens hat sie gehört, dass ich weg will und wird sich hoffentlich nun kurz fassen.

„Jutta hat Stress und zwar erheblich mehr als sie jemals zugeben würde. Denke allein an ihre Söhne und die bettlägerige Schwiegermutter, dann die aufreibende Arbeit und ihren Mann nicht zu vergessen, der sich seit einigen Jahren so seltsam benimmt.“

Ungeduldig winke ich ab. Jeder von uns hat sein Päckchen zu tragen, davon wird man nicht krank. Es heißt nicht umsonst so treffend: Was mich nicht umbringt, macht mich stark.

„Und weiter?“, frage ich genervt.

„Diese Ursache muss erkannt und in einen Heilungsimpuls umgewandelt werden.“

Heilungsimpuls. Was ist das wieder für ein Wort? Missmutig schaue ich auf meine Uhr. Ingrid soll sehen, dass ich es eilig habe und keine Zeit, mir diesen Quark anzuhören.

Doch sie hebt mahnend ihren Zeigefinger. Ich komme mir wirklich wie in der Schule vor.

„Dem Kranken wird gezeigt, wie er Stress-hormone abbauen kann, denn diese schützen die Krebszellen. Durch eine ganz bestimmte gesunde Ernährung – die Details kannst du selbst im Internet nachlesen oder ich drucke dir die Liste aus – werden die Gifte ausgeleitet.

Gleichzeitig sollen die Selbstheilungskräfte aktiviert werden. Dann sind die neuen Zellen gesund und die alten kranken sterben ab."

Selbstheilungskräfte. Das habe ich schon einmal gehört. Doch dass diese ganz einfach gesunde Zellen produzieren und den Krebs beseitigen, ist natürlich Blödsinn.

„Du glaubst doch selbst nicht, dass das Jutta glaubt."

„Das fürchte ich auch", gibt Ingrid zerknirscht zu. „Doch wenn sie in diese Klinik geht und sich unangenehme Behandlungen wie Chemo und Operationen erspart ..."

„... wird sie in der Zwischenzeit sterben, weil sie nichts gegen den Krebs tut", unterbreche ich sie heftig.

„Aber das Gegenteil ist der Fall!", schreit mich Ingrid an. „Siehst du das nicht?"

„Ich weiß: Esse täglich einen Apfel und du ersparst dir den Arzt", zitiere ich sarkastisch.

„Sie muss einfach ihren inneren Hebel umlegen und vom Opfer zum Täter werden."

Das sind nicht Ingrids Worte, das ist angelesener Internet-Mist. Da bin ich mir sicher.

„Wie meinst du das?", frage ich trotzdem.

„Jutta ist nicht das hilflose Opfer ihrer schweren Krankheit, sie hat es in der Hand, sich selbst zu heilen."

„Selbstwert, Selbstliebe, Vergebung."

Das sind so moderne Schlagworte, die ich aus den Frauenzeitschriften kenne und auch von meinen Kolleginnen. Das klingt alles so wunderbar nach heiler Welt, doch die Realität ist eben anders.

„Genau davon rede ich", ruft Ingrid ganz aufgeregt.

„Hast du die Anführungsstriche nicht gehört?", frage ich. „Mich hast du jedenfalls nicht überzeugt und ob du es bei Jutta und Peter schaffst, bezweifle ich sowieso."

„Ein Versuch ist es wert", schließt Ingrid, steht auf und geht zur Tür.

Dort dreht sie sich noch einmal um, legt mir kurz ihre Hand auf den Oberarm und flüstert: „Leider ist diese Klinik sehr teuer und sie nimmt keine Patienten auf, die nicht mehr selbst laufen können."

Weshalb erzählt sie mir dann davon? Sie weiß doch, dass Jutta weder aufstehen noch selbst essen kann. Es bringt nichts, über Dinge zu reden, die nicht möglich sind. Das ist vergeudete Zeit.

*****

Während der Autofahrt zu Lisas Kindergarten geht mir Jutta nicht aus dem Kopf. Ich versuche, die Gedanken an ihren Tumor auszublenden und stattdessen an etwas schönes zu denken.

Als Kinder waren wir unzertrennlich und spielten am liebsten mit unseren Puppen. Meist dachten wir uns Geschichten über zwei berühmte Tänzerinnen aus, die mit ihren Kindern von Auftritt zu Auftritt reisten. Dazu schmückten wir unsere Puppen und uns selbst mit bunten Tüchern und Mutters Hüten und tanzten ganz ohne Musik durch die ganze Wohnung oder über die Wiese vor unserem Haus.

Einmal, ich muss ungefähr zehn Jahre alt gewesen sein, tanzten wir sogar auf der Bühne in der großen Aula vor allen Schülern. Wir trugen enge, kurze blaue Kleider mit Fransen am Saum und ein ebenso blaues Stirnband im Haar und fanden uns wunderschön. Die Schritte hatten wir uns selbst ausgedacht und waren furchtbar stolz über den Applaus. Wir bekamen sogar einen Preis. Es war ein Buch über Leute, die in einem Moskauer Zoo arbeiteten. Ich habe es nur ein einziges Mal lesen können, dann hat es Ingrid an sich genommen und behalten.

Jutta erhielt viele Preise und Auszeichnungen, vor allem für ihre wunderbar gelungenen Gemälde, die oft in der Schule ausgestellt wurden. Meist waren es Fantasiebilder. Normalerweise bevorzuge ich Bilder, auf denen man sofort deutlich erkennt, was sie darstellen. Doch Juttas ungewöhnliche Farbkombinationen bezaubern auch mich.

Weil Jutta so gern malte, wählte sie für ihr Sozialpädagogik-Studium das Fach Kunsttherapie.

Natürlich hat sie auch ihre Wohnung künstlerisch gestaltet. Eine Wand in ihrer Stube strich sie türkis und brachte darauf unterschiedlich große goldene Zacken an, eine weitere Wand bekam einen türkisfarbenen breiten Längsstreifen mit den gleichen Goldzacken. Gold gibt es auch in der Küche, deren Wände sie wie die Möbel taubenblau strich. Ich hielt ihre Ideen meist für verrückt, doch das Ergebnis sah immer fantastisch aus. Jutta verstand es sogar, aus alten Fundstücken vom Flohmarkt, die ich auf den Müll geworfen hätte, prachtvolle Stücke herzurichten. Jedes Kissen, jedes Glas befindet sich an genau der Stelle, wo es hingehört, wo es am besten zur Geltung kommt.

Ich dagegen sammle alles, was mir gefällt und stelle damit jedes freie Fleckchen auf Schränken, Anrichten und Tischen voll.

Ingrid mag das „Geraffel" nicht. Sie mag nur schnörkelfreie gerade Linien ohne Nippes und

Schnickschnack. Alles in ihrer Wohnung ist praktisch durchdacht, nichts, was nicht unbedingt nötig ist, steht irgendwo herum. Mir wäre das zu kahl, direkt kalt.

*****

Jeder, der mich und meine Schwester kennt, reagiert anders auf Juttas Krankheit. Ich merke schnell, wer wirklich interessiert ist und Mitgefühl hat und wer einfach nur sensations-lüstern.

Eine solche Freundin fragte neulich, ob Jutta jetzt so einen Beutel herumtragen müsse.

„Was für einen Beutel?"

„So einen künstlichen Darmausgang."

Ich erklärte ihr, dass der Tumor im Magen sitzt und nicht im Darm. Außerdem hat nicht einmal Peter, der tatsächlich am Darm operiert wurde, einen „Beutel". Zuerst müssten die Metastasen bekämpft und der Tumor kleiner werden. Erst dann könne man über eine Operation sprechen.

Selbst meine Kinder, denen ich inzwischen von Juttas Krebserkrankung erzählte, reagieren ganz unterschiedlich.

Meine große Tochter Melanie erkundigt sich, wie es mir geht.

Ich antworte: „Mir geht es gut, doch Jutta geht

es schlecht."

„Ich weiß, doch du siehst mitgenommen aus. Kann ich etwas für dich tun?"

Sascha sagt gar nichts. Er ist völlig sprachlos. Ihm fehlen einfach die Worte. Er weiß, dass ich untröstlich bin.

Sabine will wissen, ob Jutta schon die Haare ausgefallen sind. Ich ärgere mich über diese Frage und habe keine Lust, sie zu beantworten. Dann fragt sie, ob ich Lisa bereits am Freitag vom Kindergarten abholen und übers Wochenende behalten kann.

„Ich weiß nicht. Vielleicht fahre ich nach München zu Jutta."

„Sie wird im Krankenhaus versorgt. Dabei kannst du gar nichts tun."

„Ihr beistehen kann ich."

„Sie hat einen Mann und zwei Söhne. Es ist deren Aufgabe, sich zu kümmern. Du solltest wieder mehr an dich denken."

Damit hat sie Recht, denn eigentlich denke ich viel mehr an Jutta und ihre Krankheit als an mich. Ich möchte gern helfen, irgend etwas tun. Peter wäre sicher froh über jede Unterstützung, auch wenn er es nicht zeigt. Filip braucht selbst Hilfe und Sebastian ist nicht da. Das alles müsste Sabine von allein klar sein. Sie wird wohl meinen, dass ich mehr an sie und Lisa denken soll.

„Dann nimm sie mit!", schlägt sie vor.

„Wie meinst du das?"

„Lisa fährt gern Auto, das weißt du doch. Bei Jutta könnt ihr euch abwechseln, während die andere mit der Kleinen im Park spielt."

„Nein", sage ich entschieden. „Das finde ich nicht gut, das mache ich nicht."

„Und was soll ich machen? Ich habe schließlich meine Termine."

Nun tut sie mir leid. Sie weiß, dass ich am Wochenende nicht unterrichte und Lisa gern bei mir habe. Also sage ich zu. Außerdem habe ich gar nicht mit Ingrid über eine Fahrt zum Krankenhaus gesprochen und allein traue ich mir das nicht zu.

Plötzlich will sie wissen: „Was wird eigentlich aus dem Haus?"

„Aus welchem Haus?"

„Jutta wird nicht mehr gesund, oder? Die Alte ist genauso wie der Mongo im Pflegeheim und Basti irgendwo in der Welt. Was also soll Peter mit der Riesenhütte?"

„Sabine!"

Ich bin entsetzt über die Denkweise meiner Tochter, die sie mir so unbekümmert um die Ohren haut, während sie in einen Apfel beißt. Sie hat doch früher nicht so schnoddrig geredet. Ich schaue sie ziemlich aufgebracht an. Sabine verdreht nur die Augen.

„Wenn ich Seniorin oder Peters Mutter zu der Alten sage, ändert es die Sache auch nicht. Und Mongo ist die Abkürzung für Mongoloismus, Downsyndrom – jedenfalls klingt diese Koseform für mich sympathisch. Warum so geschraubt tun, wenn es auch einfacher geht?"

Noch immer schaue ich Sabine entsetzt an und weiß nicht, was ich darauf sagen soll. Schon gar nicht, was das Haus betrifft. Das geht uns überhaupt nichts an.

„Wieso?", regt sie sich auf. „Jutta ist deine Schwester. Also interessiere ich mich für all das. Das ist doch normal."

Vielleicht hat sie recht und ich reagiere zu empfindlich. Sabine hat möglicherweise eine ganz normale Frage gestellt, die ich mir sogar selbst schon stellte. Peter braucht solch ein großes Haus nicht. Allein Jutta hatte es mit Leben gefüllt. Peter saß nur da und las Zeitung oder schaute Filme, am liebsten Cowboyfilme. Seine Mutter lag oben still in ihrem Bett – jetzt nicht mehr. Trotzdem sollte ich an so etwas wie das verwaiste Haus nicht denken. Ich schäme mich dafür.

Und doch frage ich mich, was aus Juttas unzähligen Fotoalben wird. Sie hat immer gern fotografiert, sich altmodische Papierabzüge anfertigen lassen und in viele Ordner geklebt.

Am liebsten fotografierte sie Bäume. Ich habe sie mal gefragt, was sie mit all den Baumbildern will.

„Nichts", antwortete sie.

„Und warum sammelst du sie?"

„Weil sie so schön sind."

Dabei schaute sie mich derart glücklich an, dass ich nichts mehr entgegnen konnte. Peter hat Jutta für diese „Macke" immer ausgelacht.

Die Katastrophe

Drei Tage später steht Ingrid wieder vor meiner Tür. Sie sieht noch elender aus, ist nicht einmal geschminkt. Die Haare bräuchten ebenfalls einen Schnitt, um ordentlich zu wirken.

Noch im Flur sagt sie ohne jede Einleitung: „Sebastian hat sich gemeldet."

Immer sagt sie Sebastian, niemals zärtlich Basti. Dabei weiß sie genau, dass mich das ärgert. Und mich ärgert, dass sich Basti ausgerechnet bei Ingrid meldete, obwohl er wissen müsste, dass sie ihn im Gegensatz zu mir gar nicht mag. Vor lauter Ärger kann ich nicht einmal fragen, was er gesagt hat.

Ingrid geht an mir vorbei in die Küche und setzt sich auf einen Stuhl, ganz vorn auf die Kante. Sie wird umkippen.

„Jutta ist noch immer im Krankenhaus, obwohl sie dort vor mehr als einer Woche unbedingt raus wollte. Man hat ihr, möglicherweise heimlich ..." Sie stockt, spricht nicht weiter und schaut auf den Boden. Dort ist nichts zu sehen. „Also man hat ihr eine neue Chemotherapie in Tablettenform verabreicht."

Das schreit sie fast und ist völlig außer sich vor Zorn. Sie springt wieder auf und geht im Zimmer hin und her. Dabei fuchtelt sie mit ihren Armen durch die Luft und unterstreicht jedes ihrer Worte.

„Wie kann ein Arzt, der einen Beruf ausübt, um anderen zu helfen, sich derart über den Willen eines vollkommen wehrlosen Menschen hinwegsetzen?"

Ich weiß zwar, dass Jutta unbedingt und so schnell wie möglich aus dem Krankenhaus heraus wollte und vermutlich keine weitere Behandlung wünschte. Doch darf so etwas schwerwiegendes wirklich der Patient selbst entscheiden? Vielleicht wurde inzwischen ein neues Medikament entdeckt, das Jutta heilen wird. Außerdem könnte sie längst ihre Meinung wieder geändert haben. Beides halte ich für wahrscheinlich und verstehe Ingrids Aufregung nicht.

Sie setzt sich zu mir aufs Sofa, auch wieder ganz vorn auf die Kante, und schaut mich zutiefst bekümmert an.

„Ihre Nieren haben versagt."

Seltsamerweise fällt mir dabei sofort ein alter Bekannter meines verstorbenen Mannes ein. Er war Nierenspezialist in der Frankfurter Universitätsklinik und ärgerte sich immer, wenn als Todesursache Nierenversagen eingetragen wurde. Er erklärte, dass bei einem sterbenden Menschen im Grunde alle Körperfunktionen erlöschen und es müßig ist, nach dem ersten oder letzten Organ zu forschen. Außerdem werden die Patienten nach ihren diversen Operationen mit vielen verschiedenen Medikamenten behandelt, was oftmals die ohnehin geschwächte Niere gar nicht mehr verarbeiten kann. Somit sei die Ursache ganz woanders zu suchen. Ich mag gar nicht denken, dass dieser Bekannte am Ende recht hat und Medikamente tatsächlich mehr schaden als helfen.

„Daran ist allein diese blöde Chemo schuld!", schreit Ingrid.

Wirklich glauben kann ich das nicht. Ein Arzt will heilen, Leben retten. So wie Ingrid sehe ich das nicht. Doch was genau bedeutet Nierenversagen für unsere Schwester?

„Und jetzt?", will ich wissen, obwohl ich fürchte, dass Ingrid ebenso hilflos ist wie ich.

„Jetzt ist alles aus."

Ingrid sackt in sich zusammen.

„Macht man nicht eine Dialyse, wenn die Nieren nicht mehr richtig arbeiten?"

„Sebastian sagt, Jutta will keine Dialyse."

„Nicht? Aber warum?"

Ich verstehe das nicht.

„Es würde nichts ändern. Sogar der Arzt gibt zu, dass eine Dialyse der ohnehin extrem geschwächte Körper nicht mehr verträgt."

Ingrid lacht. Es ist ein bitteres Lachen. Ihre Mundwinkel zeigen nach unten, die Lippen zittern, die Schultern hängen schlaff nach unten. Leise ergänzt sie: „Ist es nicht seltsam? Die Chemo hat angeblich Juttas Körper nicht geschwächt, obwohl es ihr dadurch so elend ging. Es war doch deutlich zu sehen, dass es immer schlechter und schlechter wurde."

Sie schaut mich lange an und sagt: „Diese Chemo hat Juttas Körper komplett zerstört."

Ingrid kramt ein Taschentuch hervor und drückt es gegen ihre Nase, die ganz rot ist.

„Jetzt ist alles aus", wiederholt sie.

Sie schaut auf den Boden und fängt plötzlich an zu weinen. Ganz leise sagt sie: „Ich habe keine Hoffnung mehr. Möglicherweise ist sie nicht einmal mehr transportfähig."

„Sie kann also weder nach Hause noch in ein Hospiz?", frage ich entsetzt.

Ingrid schüttelt den Kopf. „Es ist zu spät."

Meine große Schwester bleibt immer gelassen

und gefasst, erst recht in kritischen Situationen. Doch jetzt sehe ich sie derart verzweifelt und verstört, wie ich sie noch niemals zuvor gesehen habe. Sie ist ganz blass, ihre Haare hängen wirr an ihr herunter, ihre Hände zittern und sie fasst sich immer wieder an den Hals, als müsse sie ersticken.

„Es ist so würdelos, einen wehrlosen Kranken nicht ernst zu nehmen. Jutta wollte definitiv aus dem Krankenhaus und keinesfalls eine erneute Chemo. Peter hat es trotzdem so bestimmt."

„Wieso Peter? Der Arzt wird es so bestimmt haben und dafür gibt es sicher Gründe."

„Ich kenne diese Gründe." Ingrid reibt Daumen und Zeigefinger miteinander. „Es geht nur um Geld, immer nur um viel Geld."

Das verstehe ich jetzt nicht. Was hat denn Geld mit der Krankheit zu tun? Vermutlich sind diese Chemotherapien sehr teuer. Ich weiß nicht, was ich jetzt sagen soll.

„Natürlich wird der Arzt sagen, dass solch eine Behandlung nötig ist. Auch dann, wenn er weiß, dass diese Behandlung schadet. Peter muss unterschreiben, wenn er zustimmt und er muss unterschreiben, wenn er ablehnt."

Das erscheint mir recht unwahrscheinlich. Doch ich will keinen Streit mit Ingrid und sage lieber gar nichts. Ich habe den Eindruck, dass sie im Gegensatz zu allen anderen Menschen den

Ärzten nicht vertraut. Seltsamerweise vertraut sie dieser schwachsinnigen Bio-Klinik. Glaubt sie ernsthaft, dass man Krebskranke mit Möhrensaft und Misteltee heilen kann? Dann ist sie komplett verrückt. Für mich sind das Scharlatane, Geldhaie.

„Du glaubst, die Ärzte sind nicht ehrlich?", frage ich bestürzt.

„Was ich glaube, ist überhaupt nicht wichtig. Wichtig ist, den Willen seines Nächsten zu respektieren. Und das tut Peter nicht."

Ich sehe das anders. Jutta wollte, dass Peter für sie spricht und Peter will, dass die Ärzte alles tun, was sie glauben, tun zu müssen. Jutta kennt schließlich ihren Mann und hat diese Verfügung bei vollem Bewusstsein unterschrieben. Also ist es für mich so wie es ist in Ordnung.

„Bist du sauer auf Peter?", frage ich.

Ingrid schüttelt ihren Kopf.

„Nein. Er hat getan, was er für richtig hält." Sie seufzt. Dann schaut sie mich hilflos an. „Auf seine Berater bin ich wütend, auf die Ärzte. Ihnen wird Jutta ebenfalls gesagt haben, dass sie nach Hause oder in ein Hospiz will. Statt ihren Wunsch zu respektieren, schwatzen sie dem verzweifelten Peter diese unsinnige Chemo auf."

Wieso glaubt Ingrid, dass sie es besser weiß

als die Ärzte?

„Ich hätte alles anders machen müssen, ganz anders", sagt sie plötzlich.

„Was denn?"

„Alles. Einfach alles. Dann wäre alles anders gekommen."

„Aber was denn?", frage ich noch einmal.

Doch ich erhalte keine Antwort.

Ingrid ist völlig außer sich.

Ich kann das gut verstehen und doch bin ich gefasster als sie. Vermutlich liegt es daran, dass ich bereits mit Verlust umgehen musste. Ich musste von heute auf morgen ohne meinen Mann weiterleben, ganz allein zurechtkommen. Er kippte einfach auf seiner Arbeitsstelle vom Stuhl und war sofort tot. Herzversagen sagte man mir am Telefon. Damals dachte ich, ich könnte mich niemals von diesem Schock erholen. Doch das Leben ging weiter.

Es geht immer weiter – ob man damit zufrieden ist oder nicht. Kummer und Trauer sind seltsame Gefühle. Wir sind ihnen hilflos ausgeliefert.

Mir haben vor allem die Enkel geholfen, die kurz darauf einer nach dem anderen geboren wurden. Ein Leben ist vorbei, andere Leben beginnen. Das hat mich irgendwie getröstet.

„Ich konnte Peter noch nie leiden", sagt Ingrid plötzlich.

„Wieso?"

Das verstehe ich nicht. Er ist ein wirklich netter Kerl und jeder kann sehen, wie sehr er Jutta liebt. Das ist doch die Hauptsache.

„Ich wusste nie, worüber ich mich mit ihm unterhalten sollte."

Das ging mir ebenso. Doch das ist wohl normal, denn Peter interessiert sich wie die meisten Männer für Sport, Autos und Baustellen und nicht für Beziehungen, die uns Frauen so wichtig sind.

„Er sagt so Dinge wie drei K am Morgen."

„Was ist das?", will ich wissen.

„Kippe, Kaffee, Kacken."

Männer reden nun mal so, darüber ärgere ich mich nicht.

„Und dann sein unangenehmer Blick!"

„Was hast du denn an seinem Blick auszusetzen?", will ich wissen.

„Er ist nie offen, eher lauernd, als ob er auf eine Gelegenheit wartet, einen Fehler zu entdecken."

Das ist mir noch nie aufgefallen. Eigentlich habe ich mir überhaupt keine Gedanken um Peters Eigenheiten und schon gar nicht über seinen Blick gemacht. Kann man wirklich in den Augen lesen?

„Was siehst du eigentlich in meinen Augen?", frage ich spöttisch.

Kaum habe ich die Frage ausgesprochen, bereue ich sie. Ich will die Antwort gar nicht hören.

„Du guckst ängstlich zweifelnd."

Da haben wir´s. Ich bin weder ängstlich noch zweifelnd und begreife nicht, wieso Ingrid derartiges in meinen Augen sieht.

Ich mustere sie und versuche, ihren Blick zu deuten. Sie schaut zwar interessiert, doch eigentlich eher ironisch, fast zynisch.

Es klingelt. Und zwar derart ohrenbetäubend laut, dass ich zusammenzucke.

„Entschuldige, mein Handy."

Ingrid greift in ihre Tasche, zieht ihr Handy heraus und liest eine Nachricht.

„Sebastian kommt am Samstag. Das ist gut."

Dabei nickt sie. Ihre Stimme klingt wieder ruhig und beherrscht.

Auf jeden Fall kann er endlich seine Mutter sehen und mit seinem Vater sprechen. Vielleicht gibt es doch noch eine Möglichkeit der Behandlung und alles wird gut.

Das plötzliche Ende

Was soll ich sagen, wenn mich einer fragt: „Wie geht es Deiner Schwester?"

Dass es ihr jeden Tag schlechter geht? Dass ihr wohl keiner mehr helfen kann? Dass ich verzweifelt bin?

Ich habe ganz einfach Angst, den Verstand zu verlieren, wenn ich offen über sie spreche. Deshalb lüge ich und behaupte, Jutta ginge es einigermaßen gut. Meist ergänze ich wahrheitsgemäß: den Umständen entsprechend.

Ich erzähle überhaupt niemandem mehr von der Krankheit meiner Schwester, meinen Nachbarn nicht und auch nicht meinen Kollegen. Alles ist in mir wie in einem Safe verschlossen. Ich habe niemandem gesagt, dass Juttas Nieren versagt haben. Ich bringe es einfach nicht über die Lippen. Ich will die Wahrheit nicht aussprechen, ich will sie auch nicht wahrhaben.

Ich kann nicht über Jutta sprechen, selbst wenn ich es wollte. Nicht einmal mehr mit Ingrid. Sie hat seit einigen Tagen so einen starren Blick aus unnatürlich weit aufgerissenen Augen und reagiert, falls sie reagiert, wie eine leblose Maschine. Sie funktioniert – nicht mehr und nicht weniger.

Auch ich bin empfindlich geworden und breche beim kleinsten Anlass, beim ersten falschen Wort in Tränen aus. Als mich gestern im Supermarkt die Frau an der Kasse bat, sämtliche Artikel aus meinem Korb aufs Band zu legen, ließ ich einfach alles stehen und lief davon.

Manchmal stehe ich in meiner Schulklasse und habe vergessen, welchen Unterricht ich zu halten habe. Manchmal sitze ich an meinem Tisch und schaue aus dem Fenster, ohne etwas zu beobachten, ohne etwas zu denken und ohne zu merken, wie die Zeit vergeht.

Ich fühle mich ständig erschöpft, als hätte ich eine anstrengende Gartenarbeit erledigt oder bei einem Umzug schwere Möbel geschleppt.

Sogar die kleine Lisa zu beaufsichtigen macht mir neuerdings Mühe. Ich freue mich trotzdem, wenn sie bei mir ist, mich von meinen düsteren Gedanken ablenkt und mich zum Lachen bringt.

„Ostern kommen wir schon am Gründonnerstag zu dir", verkündet Sabine. „Wir fahren erst Ostermontag zurück."

Ich nicke. Mir ist das sehr lieb. Sascha hat auch schon angefragt, ob er am Samstag mit seiner ganzen Familie zum Ostereier suchen kommen darf. Da kommt ein wenig Freude ins Haus. Ich muss mir noch überlegen, was ich kochen könnte.

Vermutlich haben Melanies Kinder wieder Auftritte, doch das weiß ich nicht. Sicher haben sie darüber gesprochen und ich habe wie so oft in letzter Zeit nicht wirklich zugehört. Solch eine Unaufmerksamkeit ist mir früher nie passiert. Bisher kannte ich jedes einzelne Datum ihrer Konzerte bereits lange vorher und musste ihn nicht einmal in meinen Kalender eintragen. Was ist nur mit mir los?

„Du kannst Lisa baden", unterbricht Sabine meine Gedanken. „Ich habe schließlich keine Wanne daheim."

Das stimmt. In ihrer Wohnung gibt es nur ein winziges Duschbad. Die Aufgabe, das Mädchen zu baden, übernehme ich sehr gern. Doch fällt es mir seit einiger Zeit schwer, mich um zwei oder gar drei Enkel gleichzeitig zu kümmern. Ich bin eben keine Zwanzig mehr.

„Hast du inzwischen das Bio-Shampoo gekauft, um das ich dich gebeten habe?", fragt sie.

Leider nicht. Wenn ich mir nicht alles aufschreibe, vergesse ich die Hälfte. Zum Glück muss ich nicht antworten, denn Sabine spricht weiter: „Die Jungs sind erkältet."

„Wie bitte?"

„Saschas Kinder. Ich will nicht, dass sie Lisa anstecken. Bitte sorge dafür, dass sie nicht zusammen spielen!"

„Wie bitte?", frage ich noch einmal. „Wie soll ich das machen?"

Und schon überlege ich, wie die Kinder trotzdem ihren Spaß haben, ohne sich zu nahe zu kommen. Das wird schwierig, denn Niti ist die reinste Schmusekatze.

„Wir könnten die Feier teilen", überlege ich laut. „Sascha kommt mit seiner Familie erst am Samstag. Notfalls fahrt ihr am Samstag zurück, dann besteht für Lisa keine Gefahr."

„Wie stellst du dir das vor?", braust Sabine auf. „Es ist Ostern, ich habe Auftritte mit meinem Chor."

„Ach, du bist gar nicht hier?", wundere ich mich. In meinem Kopf höre ich Ingrid lachen. Das ist mir gar nicht angenehm, zumal ich ihr insgeheim Recht geben muss, dass Sabine recht dominant mit mir umspringt.

„Gut", sage ich. „Während ich dein Kind bade, kannst du inzwischen die Betten beziehen, alle acht." Als mich Sabine empört anschaut, ergänze ich: „Oder zwölf, falls Melanie mit den Kindern kommt."

*****

182

Mittwoch – eine Woche vor Ostern.

Direkt nach der Arbeit laufe ich zu Ingrid. Bei ihr kann ich aufstehen und gehen, wenn mir danach zumute ist. Sitzt sie bei mir, fallen ihr immer neue Ideen ein, wie wir Jutta helfen könnten. Dabei können wir nach wie vor nichts tun, weil Peter uns den Besuch verbietet und nicht mit uns reden will.

„Ich habe vorhin mit Filip gesprochen", erzählt sie.

„Wieso vorhin?", frage ich.

„Am Telefon. Ich rufe ihn jeden Tag um diese Zeit an", erklärt Ingrid. „Er sagte, die Mestis seien immer noch da."

„Wen meint er denn mit Mestis, wer ist das?"

„Die Metastasen. Er meint die Metastasen. Doch er mag das Wort nicht, weil es seine Mama so krank macht."

Vermutlich begreift der Junge erheblich mehr, als wir ihm zutrauen. Trotzdem frage ich mich, ob er weiß, was der Tod bedeutet.

Er weiß es. Mir fällt eine Begebenheit ein, von der mir Jutta erzählte. Er war damals etwa zwölf Jahre alt. Ein Auto hatte einen Igel überfahren und Filip saß am Straßenrand, hielt den toten Igel im Arm und weinte bitterlich.

Ich hoffe, dass sich in seiner Wohngruppe jemand um ihn kümmert. Am besten jemand, der weiß, wie schlecht es Filips Mutter geht, ein geschulter Therapeut. Ich denke an Jutta, die solch ein perfekter Therapeut wäre.

„Filip sagt, dass Jutta nicht mehr weint, nur noch schläft und ihn gar nicht ansieht. Ich muss sofort zu ihr. Heute noch."
Entschlossen steht sie auf.
„Ich halte dich auf dem laufenden", sagt sie abschließend und begleitet mich zur Tür.
Will sie nicht, dass ich mitfahre? Oder weiß sie, dass ich so schnell nicht frei bekomme? Schließlich habe ich morgen Unterricht. Andererseits müsste die Schule auch ohne mich auskommen, wenn ich plötzlich krank wäre. Doch ich bin nicht krank. Also schiebe ich diesen Gedanken erst einmal von mir.
Am Wochenende darauf kann ich sie ebenfalls nicht begleiten, denn da ist Ostern und meine Kinder und Enkel kommen zu mir. Dieses Familientreffen möchte ich auf keinen Fall absagen.
Da mich Ingrid nicht bittet, sie zu begleiten, bleibe ich hier. Das ist mir ohnehin lieber. Aufdrängen werde ich mich jedenfalls nicht.

Auf dem Heimweg mache ich mir Sorgen. Es wird immer noch recht früh dunkel und Ingrid hat gut vier bis fünf Fahrstunden vor sich. Zum

Glück ist wenigstens trockenes Wetter und die Straßen nicht nass oder gar glatt.

*****

Kurz nach 22 Uhr klingelt das Telefon. Ich liege längst im Bett und habe auch bereits das Nachtlicht gelöscht. Es ist Ingrid. Sie spricht sehr leise.

„Als ich Jutta sah, wusste ich sofort, dass sie stirbt."

Was redet sie da? Jutta stirbt doch nicht. Nicht jetzt und nicht so schnell. Der Arzt sprach von einer Lebenserwartung von zwei Jahren. Bis jetzt sind kaum zehn Wochen vergangen. Außerdem ist sie noch nicht einmal operiert.

„Hörst du?"

Ich nicke.

Ich höre, doch ich verstehe nichts.

„Sie lag ganz ruhig da, ihr Gesicht war fast durchsichtig, ihre Augen geschlossen. Es war auch irgendwie ein ganz anderer Geruch im Raum."

Was denn für ein Geruch? Wieso redet sie jetzt von einem Geruch?

„Auf einmal machte sie die Augen auf und schaute ganz klar."

Ich freue mich sofort. Das ist ein gutes Zeichen, denn bei meinem Besuch kam es mir so vor, als ob sie durch mich hindurch sah, als ob sie gar nichts richtiges mehr erkannte.

„Aber sie schaute nicht mich an. Sie schaute zur Tür", spricht Ingrid weiter.

Ich glaube eher, dass sie durch Ingrid hindurchsah – genauso wie damals bei mir.

„Und dort stand Sebastian."

Ich bin so unendlich erleichtert, dass Sebastian endlich kommen konnte. Er ist eben ein guter Junge. Darüber wird sich Jutta riesig gefreut haben.

„Sie schaute ihn an, wie gesagt, ganz klar."

Ingrid sagt nichts mehr. Sie weint. Freut sie sich gar nicht?

„Ihr Herz schlug auf einmal wie wild", spricht sie weiter. „Dann machte sie ihre Augen zu. Ich wusste sofort ..."

Wieder spricht Ingrid nicht weiter. Mich packt auf einmal große Angst und ich frage: „Heißt das etwa ..."

„Ja, das heißt es. Jutta ist gestorben."

Meine Schwestern
sind DER Teil meiner Kindheit,
den ich für immer
in mir behalten werde.

Nachwort

Meine Schwester ist tatsächlich kurz vor ihrem
63. Geburtstag an einer schweren Krankheit
gestorben. Das hat mich bewogen, diesen
Roman zu schreiben, um all meine Gedanken,
Sorgen und Ängste in dieser schweren Zeit zu
verarbeiten.

Die Geschichte meiner Schwester verlief
allerdings ganz anders, auch haben die
beschriebenen Familien nichts mit unseren
Familien gemein.

Weitere Veröffentlichungen von Petra Weise

Eine verhängnisvolle Diagnose
Kurzgeschichten, ISBN 9783734730962
Mein Hund Benno, Roman,
ISBN 9783734734939
Liebeslügen, Kurzgeschichten
ISBN 9783734792670
Ein halbes Leben, biografischer Roman,
ISBN 9783739210285
Ein ganz anderes Leben, biografischer Roman,
Fortsetzung, ISBN 9783741253911
Das Leben geht weiter, biografischer Roman,
Fortsetzung, ISBN 9783743124318
Farbige Geschichten, Kurzgeschichten,
ISBN 9783744834247
Der andere Vater, Roman,
ISBN 9783744895705
Eine unbestimmte Ahnung, Kurzgeschichten,
ISBN 9783746028873
Ich besuche dich trotzdem!, Roman,
ISBN 9783746077840
Ab in den Urlaub!, Kurzgeschichten,
ISBN 9783746025582
Die Freundin meines Mannes, Roman,
ISBN 9783752879001

sämtliche Titel sind auch als E-Book erhältlich

Petra Weise wurde 1954 in Freiberg/Sachsen geboren und lebt nach zahlreichen Wohnungswechseln in Hessen und Bayern seit 1993 wieder in ihrer Heimat Sachsen.

Sie liebt das Erzgebirge mit all seinen Traditionen und fühlt sich auch in den Alpen wohl. Wenn sie nicht schreibt oder liest, wandert sie gern mit ihrem Hund durch den Wald oder spielt Klavier.

www.autorinpetraweise.de